Luisa Francia · Ballzauber

Luisa Francia

Ballzauber

Die Magie des Fußballs

nymphenburger

»Kinder brauchen Märchen,
Männer brauchen Mythen.«

Christian Eichler

Besuchen Sie Luisa Francia im Internet unter
www.salamandra.de
und den Verlag unter
www.nymphenburger-verlag.de

Schutzumschlag: Wolfgang Heinzel
Schutzumschlagmotiv: Ulrike Storch, München
Satz: C. Schaber Datentechnik, Wels
Gesetzt aus 10,6/15,5 Punkt in Trump Mediäval
Druck und Binden: GGP Media GmbH, Pößneck
Printed in Germany
ISBN 3-485-01074-X

Inhalt

Die Entdeckung

»Turek, du bist ein Fußballgott.«
Kommentator Zimmermann bei der WM 1954

Wissen Sie, was ein Hattrick ist? Dieses englische Wort – zu Deutsch Hut-Trick – beschreibt den ältesten Trick der Zauberer, etwas aus dem Hut zu holen, was dort unmöglich drin sein kann. Im Fußball ist der Hattrick die Kunst der größten Fußballer aller Zeiten: drei Tore desselben Spielers innerhalb einer Halbzeit. Zizou, der algerischstämmige Franzose Zinedine Zidane, schaffte ihn und kickte sich so in den Fußballhimmel. Nwankwo Kanu zauberte den Hattrick für Werder Bremen 1994 gegen Chelsea. »Der Zauberer ist wieder da«, freute sich da die »Holland News«, die Kanu den »magischen touch« bescheinigte. Auch Gerd Müller, der erfolgreichste Torschütze aller Zeiten (365 Tore), verwandelte einen 0 : 1-Rückstand in der WM 1970 gegen Peru mit dem Hattrick zu einem Endstand von 3 : 1. Da darf der große Magier unter den Fußballern, Diego Armando Maradona, nicht fehlen: Er zog drei Tore für Napoli aus dem Hut – gegen Lazio Rom. Fußball ist nicht allein ein Sport, eine Körperertüchtigung, eine sinnvolle Beschäftigung für Männer. Wo Fußball gelingt, wo er am schönsten ist, ist er auch Magie. Und die Akteure, die das »Ballwunder« schaffen, werden auch in nüchternen Fußballbüchern »Zauberer« genannt. Doch Fußball ist noch mehr, mehr als jeder andere Sport ist er die magische Initiation in die Kraft der Männer.

Für eine Reportage über die Magie der Yoruba hielt ich mich in Nigeria auf. Während ich meine Reise von Lagos nach Oshogbo plante, erfuhr ich eher zufällig, dass die afrikanische Fußballmeisterschaft am Wochenende hier in Lagos eröffnet werden sollte. Bei diesem Eröffnungsspiel des African Cup of Nations begann ich, die Magie im Fußball zu verstehen. An die achtzigtausend Menschen, die zum größten Teil, sieht man von einigen Ölbaronen ab, am untersten Rand des Existenzminimums überleben, füllten das Stadion. Wie sie sich den Eintritt zusammengekratzt haben, kann man sich kaum vorstellen. Zigtausende, die nicht mehr im Stadion Platz hatten, standen auf dem Platz davor, sangen, trommelten, feuerten ihre Nationalmannschaft von draußen an und als ich die unselige Idee hatte, schon etwas früher das Stadion zu verlassen, damit mich die Fans nach dem Spiel nicht erdrückten, wurde ich auf dem Vorplatz fast niedergetrampelt. Alle wollten mich berühren. Das hatte nichts damit zu tun, dass ich weiß war, sie wollten das Hemd anfassen, auf

dem »Agahova« stand. Ein Fan hatte es mir während des Spiels übergezogen, jetzt wurde es mir wieder heruntergerissen.
Die Gegenstände des Kults sind mächtig. Julius Agahova kommt aus ärmsten Verhältnissen und hat es geschafft: Er wurde Fußballstar und wenn er ein Tor schießt, macht er Flickflacks wie in Deutschland nur Miroslav Klose. Die Fans lieben ihn. Sie berühren den Bus, in dem er zum Training einfährt, und küssen sein Foto. Nur weil ich zaubern kann und meine Helferwesen nicht im entscheidenden Augenblick schlafen, wie so manche Fußballabwehr, konnte ich von einem Taxifahrer aus der tobenden Menge vor dem Surulere-Stadion befreit und gerettet werden.
In Afrika ist jedes Fußballspiel eine magische Inszenierung, bei der auch Zauberer nicht fehlen dürfen, die das ganze Spiel begleiten. Dieses Erleben hat mich geprägt und mir die Sinne dafür geöffnet, was Fußball sein kann.
Auf meiner zweiten Reise nach Tibet hatte ich ein erstaunliches Erlebnis: Aus dem Jokhang, dem Stadtkloster von Lhasa, klangen keine Gesänge und kein Glockengeläut, sondern das allzu bekannte Geschrei eines Fußballstadions. Ich ging mit zwei Reisebegleitern der Sache nach: Gebannt saßen die Mönche vor einem alten Fernsehgerät und schauten sich die Fußball-WM an. Ein kleiner Junge sah uns Touristen und sagte andächtig: Beckenbauer.

Wie man auch zu Fußball stehen mag – es gibt kein Entrinnen. Weltweit wird gespielt. Weltweit ist Fußball der beliebteste, am meisten ausgeführte und am meisten beachtete Sport. Schon die kleinsten Kinder in Afrika oder Südamerika, in Asien oder in Russland kicken, mit was auch immer. Eine mit Sand gefüllte Plastiktüte ist meistens das erste Spielgerät, ein Lumpenball, eine leere Dose. Und alle warten auf die Talentsucher. Gespielt wird auf dem freien Feld, in den engen Straßenschluchten Abidjans, Dakars oder in den Slums von Lagos und Nairobi, in der russischen Pampa und in trockenen Wadis in der Sahara.

Als ich auf meiner ersten Afrikareise Kinder im Wüstensand mit einem getrockneten Wüstenkürbis Fußball spielen sah, fühlte ich mich nicht nur sofort heimisch, ich beobachtete auch, dass – egal wo gespielt wird, ob im heimatlichen Obstgarten, am Hafen von Algiers oder im afrikanischen Busch – immer die international gültigen Regeln eingehalten werden. Zwar wird fast überall in der kindlichen Fußballwelt oder im Amateurspiel das Feld verkleinert und ein Ballersatz benutzt, zwar wurde beim Spiel der beiden schlechtesten Mannschaften der Weltmeisterschaft die Spielzeit dezent gekürzt, doch Abseits bleibt Abseits, Foul bleibt Foul und es gibt immer einen Schiedsrichter, der die Regeln einfordert – ein Zuschauer am Rand des Geschehens, eine Frau mit Baby auf dem Rücken oder ein ganz in

Schwarz gekleideter Dreikäsehoch, wie auf dem Jankara-Markt in Lagos. Ob die Dorfmannschaft im oberbayerischen Pfaffenwinkel spielt oder die Jugendlichen auf dem Feld bei Barcelona – jedes Spiel ist ein Spiel mit Freistoß, Ecke, Elfmeter, Hand … »Ja freilich war es Hand. Das ist Fußball!«, rief ein österreichischer Reporter erregt (»Falter«, Mai 2005).
Das ist Fußball! Und das ist auch Magie! Denn eine geheimnisvolle Kraft bewegt alle Fans, alle Fußballnärrischen, alle AnbeterInnen des runden Leders, das ja heute kaum noch aus Leder ist. In der Magie spielt Hand und Fuß eine Rolle, Spucke, Blut, Körperflüssigkeiten, Haare. Im Fußball ist das genauso.
Man könnte nun einwenden: Das trifft für jedes Spiel zu. Ist nicht Basketball auch magisch oder Tennis oder Golf? Oder gar Kricket, das Kultspiel der Engländer und Inder? Zwar werden in fast allen Breitensportarten die Ereignisse mittlerweile im Fernsehen übertragen, doch nur Fußball erregt die Menschen weltweit, löst nationale Ekstasen und Krisen aus und reißt den Reichen vom Designersofa und den Armen von den Lumpen am Boden. Und das ist pure Magie. Ein Spiel, geboren aus dem Volk, nicht in irgendwelchen Labors erdacht wie ein Formel-1-Rennen, ein Spiel, das alle Bevölkerungsschichten und Altersgruppen, das Männer und Frauen gleichermaßen bewegt, na ja, Männer mehr als Frauen, das im Dorf genauso gespielt wird wie in der Stadt,

das die Wüstenbewohner so erregt wie die Bergbewohner von Purang in Tibet auf viertausend Meter Höhe.

Während in der Welt der Zauberrituale Frauen stärker vertreten und oft auch mächtiger sind, während in der westlichen Welt die Magie von Frauen wieder entdeckt und gefeiert wird, während Frauen in der Natur tanzen und feiern, haben Männer, fast unbemerkt, ihre eigene Magie mit ganz eigenen Gesetzen geschaffen. Wenn es Zeit für die Anbetung ist, wird der Fernseher eingeschaltet und egal, was Frau oder Kinder sehen wollen, Fußball dominiert. Wenn es Zeit ist, machen sich Mann und Kinder, vielleicht sogar die ganze Familie auf den Weg ins Stadion, eingekleidet in die Kultkleidung, die Kultfarben, ausgerüstet mit den Fetischen des Kults.

Oft beklagen sich Frauen, dass ihre Männer keine Gefühle zeigen, nicht weinen können, starr und gefühllos reagieren. Eine Frau, die ihr Männerbild revidieren will, muss auf den Fußballplatz, muss ins Stadion gehen. Dort schluchzen die Männer, schreien auf, wenn ihre Helden gedemütigt werden, fallen sich um den Hals und küssen einander, wenn ein Tor fällt. Sie bangen und hoffen, sie zeigen Schwäche, sie haben Tränen in den Augen und vergessen vor Begeisterung und Entsetzen oft sogar ihre coolen kleinen Begrüßungsrituale und Handspiele. Sie reagieren völlig emotional, ja irrational. Denn Fußball ist das Thema, bei dem rationale Männer ins Stammeln kommen, leidenschaftlich, dem Bann des Zaubers erliegen. »Fußball ist schöner als Orgasmus«, sagte einmal Christoph Daum, der allerdings auch auf einer Haarprobe bestand, um seine Unschuld im Verdacht des Kokaingebrauchs zu beweisen. Vermutlich hat er seine magischen Kräfte einfach überschätzt. »Der Elfmeter ist eine schöne Sache, wenn er reingeht«, schreibt Harald Hordych und illustriert das Dilemma des nicht wirkenden Zaubers, der daneben gegangenen Anrufung.

Obwohl Fußball der Sport der Unterschicht, des Proletariats ist und die meisten guten Fußballer aus armen Verhältnissen kommen und sich hochkicken, erregt dieser Sport wie kein anderer auch die Intellektuellen und Privilegierten. Die Stars werden von den VIPs hofiert und selbst zu Promis, zu Angehörigen der Reichen, Schönen und Mächtigen. Auch Künstler und Intellektuelle huldigen dem Kult. In England erhielt Fußball durch Nick Hornby Einzug in die Literatur. Deutschland feiert die Kicker schon länger literarisch, von der »Angst des Tormanns beim Elfmeter« von Peter Handke, Klaus Theweleit über Ror Wolf, Jörg Fauser, Wiglaf Droste, Burkhard Spinnen, Eckhard Henscheid zu Elke Heidenreich oder Keto von Waberer – Fußball bewegt. Sogar der Philosoph Walter Jens ist fußball-verfallen. Als junger Mann spielte er selbst, aber »ich war zu langsam«. Bei den Hofer Filmtagen spielt schon seit über zwanzig Jahren die legendäre Film-Elf aus Filmemachern und Kritikern und die Zeitschrift »Filmkritik« sieht in einer imaginären Film-Elf Siodmak im Tor, Ophüls, Murnau und Wenders im Sturm. Fußball ist Kult, alle huldigen ihm.

»Fußball ist ein ritualisierter Kampf«, schreibt Jayin Thomas Gehrmann, »bei dem die Plätze in der sozialen Hierarchie ausgemacht werden«, also ganz im Sinne der Initiationsriten, die Stammeskulturen noch kennen, die aber bei uns verschwunden sind, sodass kaum ein moderner Mann weiß, wann er die Kindheit verlassen hat, und ewig eine Mutter sucht. Initiation wird von Walter Hirschberg im Wörterbuch der Volkskunde so definiert: »Der Übergang vom Kinde zum geschlechtsreifen Erwachsenen steht bei vielen Naturvölkern im Mittelpunkt sozialer, religiöser und mystisch-magischer Festlichkeiten, an denen direkt oder indirekt die ganze Gemeinschaft teilnimmt. Die mythischen Vorfahren und die Ahnen werden vielfach als anwesend erdacht und von maskierten Männern dramatisch dargestellt.« So weit so nah am Fußball. Und weiter: »Frauen sind nur beschränkt oder gar nicht zu den Feierlichkeiten zugelassen. Die Initianden werden zunächst von ihren Müttern getrennt, sie haben sich von ihrer gewohnten Lebensweise loszulösen und werden zu diesem Zweck in abgeschiedene Lager (man könnte auch Trainingslager sagen) gebracht.«

Bei den meisten Initiationsfeiern kann man folgende Wesensbestandteile unterscheiden, schreibt Manfred Lurker im Wörterbuch der Symbolik: »Die Entführung/Absonderung der Kandidaten, die Hingabe des alten eigenen Ichs, symbolisiert durch die EINKLEIDUNG.« Die Initiation sei von Gesängen, Tänzen, festlichen Aufzügen und Mysterienspielen umrahmt.

Weshalb benennen wir das Offensichtliche nicht? Fußball ist ein Männerkult, die Magie der Männer, Einweihung in die männliche Kraft, in Kampf, Konkurrenz, Sieg. Das Ziel der Initiation ist die Mannbarkeit, wie das in Stammesritualen genannt wird. Wenn sich in Neuguinea Männer Ketten aus Zähnen und Kronen aus Federn aufsetzen, ihr Gesicht bemalen und trommelnd auf dem Dorfplatz versammeln, um für die Geister zu tanzen, ist das kaum anders als die Ansammlung bemalter, geschmückter Männer, die sich vor dem Spiel irgendwo auf einem Platz in irgendeiner Stadt treffen, um das Spiel-Glück mit Gesang, Sprechchören und Rhythmus zu beschwören.

Mögen auch noch so viele Frauen Fußball spielen, sogar Weltmeister werden, es ist nicht ihr Kult und nicht ihr Ritual. Sie brauchen wenigstens einen Vermittler in diese Magie der Männer, auch wenn sie die Regeln bestens kennen, ein Abseits definieren oder eine Spielsituation blitzschnell einschätzen können. Das kann sich vielleicht mit der Zeit ändern, doch wenn Frauenfußball so enthusiastisch gefeiert wird wie der Fußball der männlichen Helden, dann haben die Männer ihre letzte magische Bastion verloren. »Das wollen wir nicht, dass die Frauen kommen«, sagte Sepp Herberger beim entscheidenden Spiel gegen Ungarn 1954, »schicken Sie Ihre Braut wieder heim.« Fußball ist die Magie der Männer.

»Was mache ich falsch, dass das Fieber nicht überspringen will, wenn ich heute im Schalker Parkstadion sitze und rund siebzigtausend jubeln höre, weil ein Tor gegen Bayern fällt? Irgendwie ist es ein Rest Männerwelt geblieben – trotz der vielen Frauen auf dem Platz: Hier sind die Jungens noch unter sich und so ganz lassen sie uns nicht heimisch werden in ihrer Domäne – wie sie uns schon als kleine Mädchen nur im äußersten Notfall haben mitspielen lassen«, schrieb Elke Heidenreich in einem Fußballbeitrag (entdeckt bei Werner Pieper: »Der Ball gehört uns allen«).

Vor die Alternative Frau oder Fußball gestellt, entscheiden sich die meisten Männer für Fußball. Ich kenne Frauen, die zwar nicht auf eine mögliche Geliebte eifersüchtig sind, sehr wohl jedoch auf die bedingungslose Hingabe an die Bundesliga oder die Meisterschaften. Denn die sind Kult – und Frauen kommen nicht darin vor, wie auch keine Frau einen Fuß ins Männerhaus der Sepik Neuguinea oder in ein Initiationsritual junger Samburukrieger setzen kann. Sie können zuschauen, sie dürfen sogar mitreden, doch sie sind nicht Teil des Kults. Die Rolle

der Frauen, insbesondere der Spielerfrauen, definierte »Bundesberti« Vogts so: »Hass gehört nicht ins Stadion, die Leute sollen ihre Emotionen zu Hause in den Wohnzimmern mit ihren Frauen ausleben.«
Fußball gehörte seit meiner Kindheit zu meinem Leben. Mein Opa war Schiedsrichter, meine Oma Fan von 1860 München. Mit ihr fieberte ich am Radio dem erhofften und oft doch nicht erreichten Sieg entgegen. Bei der WM 1974 lief ich hochschwanger mit FreundInnen durch München und wir sangen »Holland holt den Käsecup«. Und so war es. Die Geburt meiner Tochter begann mit einem Tor von Gerd Müller gegen Magdeburg, leider reichte dann für den Rest des Spiels die Konzentration nicht mehr.
Doch obwohl mich Fußball immer interessierte und ich sogar ein Abseits erklären konnte, sagte mein Freund Anfang der Achtzigerjahre genervt, ich solle jetzt mal ruhig sein, damit er in Ruhe das Spiel ansehen könnte. Da hatten wir möglicherweise unseren einzigen Streit und da fing ich an, etwas zu begreifen, was ich vorher nur geahnt hatte: Fußball ist für Männer mehr als nur ein Spiel, ein Wochenendereignis. Fußball ist heilig. Und ich entdeckte die Rituale, die magischen Elemente, die Beschwörungen, die Anrufungen, die Gesetze, die den Ballzauber bestimmen.

Das mythische Spiel

»2,6 Tore, so eine Bilanz gab's zuletzt in den Siebzigerjahren.«

Reinhold Beckmann beim Confederations Cup über die deutsche Mannschaft

Ballspiele gibt es seit rund sechstausend Jahren. Sie sind im Kodex der Maya, in den Bildern der Azteken, der frühen Kulturen Afrikas, in den Felsmalereien im Alpenraum, zum Beispiel im Val Camonica, überliefert. Bei den Maya dürften sie nicht übermäßig beliebt gewesen sein – wer den Ball verlor, war, den Bildern nach zu urteilen, auch schnell den eigenen Kopf los – ein Brauch, der zum Glück nicht eins zu eins von den Fußballvereinen übernommen wurde. Allerdings gilt auch heute: Wer nichts zum Sieg des Teams beiträgt, ist fußballtechnisch gesehen ein toter Mann. Dafür sorgt schon die Presse. Sie übernimmt im Kult den Chor der Dämonen, die ein Opfer zerreißen oder einen Helden aufbauen.

In der Südsee wurden Ballspiele etwas anders gehandhabt. Zum Beispiel gab es auf den Datumsinseln den Brauch, nach der ersten Halbzeit die besten Spieler in die schwächere Mannschaft auszutauschen, damit die auch eine Chance hat. Der Sinn der Ballspiele lag hauptsächlich darin, gemeinsam zu spielen, Kräfte zu messen und das Maß dann irgendwie wieder fallen zu lassen, zu essen, zu trinken und zu feiern.

Davon sind Fußballmannschaften weit entfernt, sieht man davon ab, dass natürlich die besten Spieler immer wieder wechseln – für Geld. Es scheint überhaupt im modernen Fußball oft mehr ums Geld als um das Spiel zu gehen. Ob Abramowitsch, der russische Öl-Tycoon, Chelsea kauft und entsprechend Tore sehen will oder für einen Spieler Millionen Euro Ablöse bezahlt werden – Geld treibt den Fußballsport an und erweist sich manchmal auch als Bremse, denn die bestbezahlten Spieler sind nicht unbedingt die besten Spieler. Da spielt manchmal ein magisches Gesetz herein: Geld ist Zaubersubstanz. Es hat nur den symbolischen Wert, der ihm zugesprochen wird. Man kann es nicht essen, sich nicht damit kleiden, es ist nur Verwandlungsmaterial. Und was Geld überhaupt nicht kann: Brillanz ins Spiel zaubern. Brillante Spieler werden durch viel Geld eher zu aufgeblasenen Stars, die vergessen, was sie einmal konnten.

Das erste Ballspiel der Weltgeschichte wurde möglicherweise in Mexiko gespielt. Es war eine »kultische Veranstaltung, die von den Indianern des alten Mexiko zur Förderung der Fruchtbarkeit regelmäßig abgehalten wurde. Man suchte damit den Gang der Jahreszeiten und Gestirne zu beeinflussen. Die Spiele fanden auf eigens zu diesem Zweck errichteten Plätzen statt, umwallten Rechtecken, die an ihren Längsseiten steinerne Ringe aufwiesen, durch welche den alten Regeln nach der Ball geschleudert werden musste. Dieses geschah nicht mit der Hand. Man durfte den Ball nur mit dem Rücken, den Knien oder Hüften vorwärts bewegen.« So beschreibt es Walter Hirschberg im Lexikon der Völkerkunde. Und auch im mythischen Spiel Fußball hat die Hand nichts am Ball zu suchen. »Um Gottes willen«, wird Franz Beckenbauer zitiert, der sieht, wie sein kleiner Sohn den Ball mit den Händen aufheben will, »nimm den Ball nicht in die Hand, du willst doch kein Tormann werden.« Es heißt Fußball. Handball gibt's auch. Dennoch: Eines der spektakulärsten Spiele wurde durch ein Handtor entschieden. Maradona schlug den Ball mit der Hand ins Tor, der Schiedsrichter sah nichts und von nun an hieß das Wunder »die Hand Gottes«.

»Als ältester Ballplatz gilt ein Platz der Tzapoteken am Monte Alban (Oaxaca, Mexiko). Der Ballplatz verkörperte in der Vorstellungswelt dieser Völker den Himmel, während der Ball selbst mit den Gestirnen, vor allem mit der Sonne in Zusammenhang gebracht wurde.«

Das Internetlexikon Wikipedia setzt das erste Fußballspiel im zweiten Jahrtausend vor unserer Zeitrechnung in China an. Es hieß T'su-Küh und wurde von der Zhou-, der Quin-, der Sui-Dynastie gespielt, in der auch der erste luftgefüllte Ball erfunden wurde. Dann geriet das Spiel in Vergessenheit. Die mesoamerikanische Ulamokultur kannte das Spiel mit einem schweren Kautschukball, dem Menschenopfer vorausgingen und am Ende auch folgten. Auch das Kimarispiel, das vermutlich bis auf das 7. Jahrtausend zurückgeht und auch als Vorläufer des Fußballspiels gesehen wird, wurde in China und Japan gespielt. Erst das italienische Calcio des Mittelalters zeigt klipp und klar, worum es geht. Calcio heißt Fußtritt.

»In Europa wurde die sakrale Dimension der Ballspiele durch den missionarischen Eifer der katholischen Kirche in einem lange währenden geschichtlichen Prozess zerstört. Mit dem Zerfall alteuropäischer Stammeskulturen verloren die ureuropäischen Ballspiele ihre Doppelfunktion als kosmisches Ritual und Gestalt des sozialen Lebens. Sie lösten sich vom Zauber des Mythos und schlugen ihren Jahrhunderte dauernden Weg zum profanen Spektakel und zum nationalistischen Biergelage ein«, schreibt Roman Schweidlenka, der Ethnologe und Schamanismusforscher in »Der Ball gehört allen«.

Das früheste Fußballspiel, wie wir es heute noch kennen, ist im England des 10. Jahrhunderts überliefert, schriftliche Hinweise gibt es seit 1313, weil das Spiel mit königlichem Erlass von Edward II. verboten wurde, »bekanntermaßen erfolglos«, schreibt Dietrich Schulze-Marmeling in »Fußball«. Er beschreibt auch, dass es keine klare Unterscheidung zwischen Spielern und Zuschauern gegeben habe und der Schlusspfiff bei Anbruch der Dunkelheit erfolgte. Volksfußball sei eine raue, brutale Angelegenheit gewesen, bei der es oft sogar zu Todesfällen gekommen sei, wie am Trinity-Sonntag 1280, wo einer der Spieler durch ein Messer verletzt wurde und starb. Schulze-Marmeling mutmaßt, dass Gewalt ein wesentlicher Grund war, warum die Spieler in der Regel Männer waren. Ich vermute, dass es genau umgekehrt ist: Weil das Fußballspiel ein Männer-Initiationskult ist, war und ist Gewalt Teil des Rituals. Natürlich heißt es, die Spieler und Zuschauer sollen fair sein, aber wir wissen, dass Fairness den Bierumsatz nicht in die Höhe treibt und Randale Teil der Anbetung ist, dass manchmal eben nur die nackte Gewalt ein Tor verhindert.

Bis 1863 wurde Fußball gespielt, ohne dass es zu einer Systematisierung des Kults gekommen wäre. In diesem Jahr wurde in England erstmals ein schriftliches Regelwerk vorgelegt, vielleicht um die Härten einzudämmen, Todesfälle zu vermeiden und aus der Initiation eine lebbare Alternative zu entwickeln. Es ist nämlich wünschenswert, dass der Initiand die Initiation überlebt. Handspiel, Hacken und Treten wurden verboten. Am 26. Oktober 1863 wurde in der Freemasons Tavern von Vertretern der elf Londoner Clubs die Football Association gegründet. Nun kam Ordnung in den Kult. Gegen Ende des

19. Jahrhunderts hatte sich Fußball als proletarischer Massensport durchgesetzt.
Hitler konnte im faschistischen Deutschland mit Fußball nicht wirklich punkten. Zwar konnte Fritz Walter unter Hitler seine Fußballkarriere beginnen – er wurde wegen Geringfügigkeit von den Amerikanern »entnazifiziert« –, doch zum wirklichen Triumph einer deutschen Mannschaft kam es erst 1954 beim allseits bekannten »Wunder von Bern«. 1943 erlitt die so genannte deutsche Flakelf eine 5 : 3-Niederlage gegen die Ukraine. Mehreren Berichten zufolge wurden die ukrainischen Spieler verhaftet, kaum einer erlebte das Kriegsende – Menschenopfer für einen grausamen Kult.
Dass sich das Fußballspielen in der modernen Zeit zum Volkssport mauserte (es ist weltweit das beliebteste Spiel, die am meisten betriebene Sportart), hängt sicherlich damit zusammen, dass man wenig Ausrüstung braucht, es überall gespielt werden kann und viele Menschen gleichzeitig miteinander spielen und kommunizieren können. Und doch ist es viel mehr und hängt mit dem Verlust von Initiationsritualen im Industriezeitalter zusammen. Weltweit verschwinden die spirituellen Einbindungen in die Gemeinschaft der Menschen. In dem Maß, wie die Kirchen das Spirituelle unter ihre Kandare nahmen und der Staat begann, den einzelnen Menschen Vorschriften zu machen, entstand eine Leere, wo früher Übergangsrituale die Lebensabschnitte von

Männern und Frauen begleiteten. Die Kirche bot und bietet Kommunion und Konfirmation als Pubertätsritus, doch der bietet keinen sinnlichen Übergang, kein Körpergefühl, kein Kräftemessen, sondern eigentlich nur Unterwerfung unter religiöse Regeln. Fast unmerklich begannen Männer überall, die Initiationsriten in den sportlichen Bereich zu verlagern. Und wenn heute Sportvereine das Gemeinschaftsgefühl, den sportlichen Wettkampf, das Körpertraining für Buben auf großen Werbetafeln preisen, enthüllen sie, worum es im Sport eigentlich geht, warum Männer Fußball spielen müssen: Wenn es kein Initiationsritual für Männer gibt, müssen sie ihre Kräfte anderswo trainieren und sich mit Gleichaltrigen messen, zum Beispiel beim »Komasaufen« oder an der Playstation. Dann doch lieber den gemeinsamen Sport mit ritualisiertem Kampf und fairen Regeln.

»Fußball ist rituelle Jagd, Zusammenspiel von Beute machenden Herdenmenschen, Fortsetzung stammesgeschichtlicher Riten«, sagt der Anthropologe Desmond Morris (»Der nackte Affe«).

In Stammeskulturen werden Männer an ihre Aufgabe als Mann herangeführt, die Einweihung ins Mann-Sein geschieht durch eine ritualisierte Situation, in der der Junge Gewalt, Angst, Einsamkeit, Härte, Liebesentzug erfährt, um schließlich wieder in die Gemeinschaft aufgenommen zu werden. Diese kultische Einbindung ging der westlichen Zivilisation verloren. Zwar gibt es neue Männerbewegungen, die einen Zusammenhalt zwischen Männern wieder aufbauen wollen, die das Mannsein definieren und auch rituell zelebrieren, die nächtliche Konfrontation mit der Natur suchen und nicht nur im Saufen, Angeben und sexueller Protzerei männliche Kraft definiert sehen wollen – das Buch »Eisenhans« löste einen Run von Männern auf die wilde Natur aus, allerdings sind diese Männergruppen nun wieder eher selten und werden von »richtigen« Männern verächtlich abgetan. Richtige Männer weinen erst an der Bar, wenn sie gründlich besoffen sind, und werden dann unerträglich sentimental, was nicht etwa mit Bewusstseinserweiterung verwechselt werden sollte. Denn am nächsten Morgen ist davon nur noch ein Kater übrig und alles bleibt beim Alten.

Richtige Männer gehen ins Stadion oder auf den Fußballplatz oder schauen sich wenigstens Fußball im Fernsehen an – Kenner tun das allein oder in Gesellschaft eines Expertenfreundes. Frauen sind gerade noch geduldet, aber wehe, sie machen den Mund auf, kommentieren den knackigen Hintern von Ballack oder vermuten in den Freudenumarmungen der deutschen Nationalmannschaft versteckte homosexuelle Neigungen! Daran sind schon Beziehungen zerbrochen! Christian Eichler bezeichnet in »Fußballmythen« das Fußballspiel ganz klar als Ritual und die Fußballspieler als Messdiener eines heidnischen Kultes, die vor der Kulthandlung ihre Wohnstatt, ihr Essen, ihre Zeit teilen. Sie berühren einander unmittelbar vor Beginn, wobei kultische Kurzgesänge ausgestoßen werden. Sie befruchten das Spielfeld mit rituellen Ausscheidungen aus Nase und Mund. Sie verständigen sich dann in einer Gestensprache, die sie von der Opferrolle über Auflehnung gegen ungerechtes Schicksal bis hin zum ekstatischen Jubelrausch kommunizieren lässt.«

Ein Ritual bringt Ordnung in die Bräuche und Riten einer Gemeinschaft. Und so nahm Schalke 04 Papst Johannes II. als Ehrenmitglied auf. In der Hoffnung vielleicht, dass »jeder, der an ihn glaubt, nicht verloren gehe«. Da eröffnet sich ein großes Betätigungsfeld für Papst Benedikt, allerdings gibt es noch keinen nennenswerten Verein Marktl (wegen der hohen Presseanwesenheit auch Media-Marktl genannt). Aber vielleicht könnte er den einen oder anderen bayerischen Kicker selig sprechen?

Wien braucht Papst Benedikt nicht: »Rapid ist Religion«, schrieb der »Falter«.

Fussball? Reine Magie

»Wenn wir den besseren Zauberer haben, gewinnen wir.«

Nigerianischer Fan in Lagos

Fußball in Afrika ist natürlich auch irgendwie eine Sportart, es gibt Trainer und eine gewisse Disziplin, wenn auch der Fußballalltag, glaubt man Bartholomäus Grill, stinklangweilig ist. Fußball in Afrika kann auch gefährlich werden. Als eine nigerianische Provinz-Mannschaft bei einem wichtigen Spiel sieglos heimkehrte, so erzählte mir ein deutscher Diplomat schaudernd, wurden sie an den Strand zitiert und dort kurzerhand erschossen. Ob's stimmt, kann ich nicht sagen, was ich jedoch ganz sicher und aus eigener Erfahrung weiß: Wenn die Teams in der afrikanischen Meisterschaft antreten, beben die Stadien unter der Macht der Zauberer und den begleitenden Gesängen, Trommeln und Rhythmen der Anbeter des Kults. Ohne Zauberer, ohne Amulette und Juju oder Voodoo, den westafrikanischen magischen Traditionen, gehen die Spieler gar nicht erst in die Begegnung. Die ghanaischen Spieler waren zum Beispiel einmal davon überzeugt, dass das Eingangstor zum Stadion verhext sei, und stiegen über die Mauer. Ein Spieler schiebt schon mal die Eingeweide eines Huhns in seine Fußballschuhe, um das Spielerglück zu erzwingen. Ein Zauberer in Burkina Faso legte dem gegnerischen Trainer einen toten Adler auf die Bank – ein unmissverständliches Zeichen dafür, dass er mit dem Sieg nicht rechnen musste. Von einem Spieler des AFC Leopards, Jarius Adam, wird berichtet, dass er giftige Spinnen ins Tornetz legte.

Da mag der rationale Fußballfreund in Europa lachend abwinken, doch die Magie der Afrikaner, der Brasilianer wirkt auch in Europa. Schießen sie nicht die meisten Tore in den Kultvereinen Deutschlands, Englands, Frankreichs oder Spaniens? Auch in Brasilien leben die aus Afrika mitgebrachten Kulte im Candomblé und Macumba fort und die meisten Spieler halten vor dem Spiel kleine rituelle Anrufungen ab. Abwehrgesten, die starre Spiegelung des Gegners durch den eigenen Blick, Spucke, Blut oder einschüchternde Worte gehören zur Ausrüstung des Abwehrzauberers.

Dem ersten Afrikaner, der im Trikot der deutschen Nationalmannschaft spielt, Gerald Asamoah von Schalke 04, steht allerdings immer ein Wiederbelebungskoffer zur Seite. Vor Jahren wurde bei ihm ein Herzfehler festgestellt. Auf Magie verlässt er sich nicht, eher schon auf Gott. Er lebt seit seinem zwölften Lebensjahr in Deutschland und obgleich er sicher viele rassistische Angriffe erdulden muss, ist er sehr entspannt. Am 17. August 2005 werden den Hooligans die faschistischen Schmähungen im Hals stecken geblieben sein, als Asamoah das deutsche Team mit einem Traumtor aus der drohenden Niederlage schoss.

Fußball ist die große Hoffnung, der Weg aus der afrikanischen Not an die Fleischtöpfe, Nachtclubs, Luxuskarossen von Europa. In dieser Reihenfolge. Unterhält man sich mit afrikanischen Jungs, wollen sie sich natürlich gern satt essen, in eine »Boite«, also einen Nachtklub, gehen und ein dickes Auto fahren.

»Wenn er den Trainingsanzug von Asante Kotoko trägt, dem legendären Club seines Sohnes, und gut aufgelegt ist, lässt er seine kleinen Kunden sogar ins Wohnzimmer. Er hat es in einen Schrein verwandelt: Pokale, Wimpel, Heldenbilder vom Junior, Artikel über seine frühen Jahre in Saarbrücken. ›Morgen spielt Jaw mit dem HSV in Rostock‹, sagt der alte Yeboah. Die Buben haben keine Ahnung, wo das ist. Sie wissen nur, dass dort die Träume wahr werden«, schreibt Bartholomäus Grill in dem Artikel »Ganz zauberhaft« in der »Zeit«.

Fußball kann ein dreckiges, staubiges Feld in einen grünen Rasen verwandeln, eine Existenz am Rande der Vernichtung in ein Leben voll Glanz und Ruhm. Jedes Kind in Afrika kennt die Erfolgsgeschichten der Fußballhelden und eifert ihnen nach. Wenn die Busse mit den dunklen Scheiben auf den Parkplatz des Stadions fahren und keinen Blick auf die mythischen

Balltreter im Inneren zulassen, laufen die Buben, ja die Männer mit und berühren den Bus. Das bringt Glück, so springt der magische Funke über und berührt auch ihr Leben. Während sich die Fußballhelden auf dem Trainingsplatz neben dem Stadion einspielen, tritt der Zauberer auf. Alle Aufmerksamkeit gilt jetzt ihm. Ein dichter Kreis von Menschen hat sich um ihn gebildet. Er ist ganz in den Farben der Mannschaft bemalt und eingekleidet. Auf seinem Kopf thront ein Federkranz, behangen ist er mit Kaurimuscheln und Kronkorken von Bierflaschen, er trommelt auf einer Blechbüchse für Tomatenmark, die mit Tierhaut bespannt wurde. Kaum erhebt er seine Fistelstimme, wird es still. Die Menge, gebannt zwischen Angst und Faszination, wartet reglos auf die Aktionen des Zauberers, der jetzt zu singen beginnt, sich im Kreis dreht, hierhin und dorthin schlägt, wimmert, schreit, Luft einsaugt, ausspuckt, alle weichen zurück und drängen wieder vor. Der Gesang wird von den Menschen aufgenommen. Die Stimmung wird bedrohlich. Jetzt wird der Gegner geschmäht, geschwächt, von magischen Pfeilen durchbohrt. Dazu hat der Zauberer die gegnerischen Farben auf ein Stück Holz gemalt, das jetzt bearbeitet wird. Die Menge klatscht und schlägt mit Hölzern den Rhythmus zum Lied des Zauberers, dann kreischen alle auf und fahren zurück – Aktion beendet. Wo gibt's was zu essen? Alle tanzen, lachen. Dann beginnt das Spiel. Unvergessen bleibt dabei die magi-

sche Aktion. Gelegentlich brandet jetzt das Lied des Zauberers auf, der draußen vor dem Stadion weitersingt und trommelt, während seine Assistenten mit Trommeln und Rufen auf der Tribüne den Gegner entnerven und ihn daran erinnern, dass starke Magie am Wirken und jeder Widerstand zwecklos ist.
Eine andere Art von Magie fand ich beim Eröffnungsspiel der afrikanischen Meisterschaft im Jahr 2000 in Lagos beim Auftritt der Security. Schwarz gekleidete, bewaffnete Hünen mit Sonnenbrillen verteilten sich ums Spielfeld und die Gefahr, die sie wohl verhindern sollten, ging allein schon von ihrer Anwesenheit aus, erinnerten sie doch an die haitischen Tonton Macouts, die Zauberer und Killer Papa Duvaliers, die mit Magie, Gift und Waffen ein ganzes Volk in Schach hielten.
Holger Obermann, der zeitweise die gambische Mannschaft trainierte, berichtet von einem Spiel, vor dem die gambischen Spieler grünes Pulver auf dem Weg zum Platz entdeckten. Sie weigerten sich, über das Pulver zu gehen, also musste Obermann die Spieler mit einem Bus durch die Pampa fahren, um der drohenden Zaubergefahr zu entgehen.
Es kommt vor, dass ein Spieler seinen Gegner mit einer Geste bedroht, ohne ihn zu berühren, wie ich es beim Eröffnungsspiel des African Cup of Nations sah – kurzes Innehalten, starrer Blick, ein Laut oder ein Wort ausgestoßen. Situation geklärt. Das Risiko, verhext zu werden, geht niemand ein.

Wer den beschwörend langen Blick des Brasilianers Ronaldinho auf den Tormann Lehmann beim Elfmeter im Halbfinale Brasilien gegen Deutschland im Confederations Cup 2005 gesehen hat, bekommt bestimmt heute noch Gänsehaut. Zuerst stand Ronaldinho einfach lauernd da, unbeweglich. Er ließ eine Art Laserstrahl aus seinen Augen zwischen die Augen des Tormanns fließen. Er bewegte sich immer noch nicht. Obwohl er ungebührlich lange brauchte, um diesen Elfmeter zu schießen, drängte ihn niemand. Alle beobachteten ihn gespannt. Er durchdrang mit seiner Energie den Gegner, fixierte ihn, zerlegte ihn. Und der Tormann, unter dem Blick der Schlange, wurde zum bewegungslosen Kaninchen. Unfähig zu reagieren, ließ er willenlos, machtlos, den Elfmeter ins Tor. Danach gab es am Sieg von Brasilien keine Zweifel mehr.

In der Magie spielt der Blick eine herausragende Rolle. Wer hinschauen kann, hat die Macht. Wer den Blick senken muss, hat verloren, wie im Tierreich. Die Augen sind nicht nur Aufnahmeorgane, sie strahlen auch die Energie einer Person, eines Tiers aus. In der Magie werden die Augen zu wahren Instrumenten. Gegen den so genannten »bösen« Blick wurden jahrhundertelang, bis heute, Amulette, Talismane, Abwehrzaubermittel als Schutz entwickelt. Der böse Blick ist eigentlich der wissende Blick, der indiskrete Blick, der Blick, der alles sieht, dem nichts verborgen bleibt, der alles durchdringt, unbeirrbar, unberechenbar ist.

Die christliche Religion machte aus der starken, nicht korrumpierbaren, nicht beeinflussbaren Macht, die gefürchtet, aber akzeptiert war und rituell in einem geschützten Rahmen ausgelebt wurde, das Böse. Die ritualisierten Kämpfe, in gemeinsamen Festen mit strengen Regeln durchgeführte Erprobung von Gewalt, körperliche Auseinandersetzung mit Anwendung magischer Waffen und Schutzamuletten wurden mit den Sklaven von Afrika nach Südamerika verschleppt und dort virtuos den neuen Lebensbedingungen in Unterdrückung, Gewalt und Ausbeutung angepasst. Im südamerikanischen Candomblé oder Macumba, in der kubanischen Santeria werden die alten Zauberrituale mit der neuen Religion und auch mit den neuen Lebensformen verbunden. Ob Tanz oder Liebesspiel, Capoeira oder Fußball – die Magie spielt immer mit.
Mit dem Blick wird der Gegner, werden die beteiligten Personen eingefangen, mit Murmeln, Singen oder Handzeichen verwirrt, gebannt, mit Düften und Essenzen wird der Widerstand gebrochen, Zauberamulette, Ketten, Armbänder, Farben, Symbole besorgen den Rest. Das mag manchen bodenständigen Fans wie unglaubwürdiges Abrakadabra erscheinen. Und doch tun deutsche, europäische Fans nichts anderes mit ihren Talismanen, den Liedern, Reimen, Kultfarben. Die eigene Kraft durch Hilfsmittel zu verstärken ist ja durchaus nicht nur afrikanischer oder brasilianischer Brauch. Nach dem

Bundesligasieg bildeten die Spieler des HSV einen rituellen Kreis, während in der Mitte ein Spieler tanzte. Vor dem Spiel der deutschen Mannschaft gegen Frankreich berührte einer der deutschen Spieler beim Einlaufen den Rasen mit der rechten Hand. Auswechselspieler berühren fast immer beim Hinauslaufen die beiden Handflächen des eingewechselten Spielers, wie um die Kraft zu übertragen. Wenn Ronaldinho nach einem von ihm geschossenen Tor seine kleinen Handspiele mit Daumen und kleinem Finger zum Himmel macht, ist er nicht so weit entfernt vom braven deutschen Kicker, der zwar nie Magie anwenden würde, schon weil er gar nicht wüsste, wie es geht, aber dass sich mal einer bekreuzigt, kommt schon vor. Auch die abergläubischen kleinen Rituale vor dem Spiel, die beim Spiel getragenen Talismane, bestimmte Handlungen oder Gewohnheiten, die immer so gemacht werden vor einem wichtigen Spiel, liegen durchaus in der magischen Tradition Afrikas oder Südamerikas.

Eher aus dem Rahmen fällt dagegen, was am 24. Oktober 1998 die Kongo Press meldete. Ein Blitz schlug auf dem Fußballplatz von Basanga ein. Das heimische Team von Basanga blieb unverletzt, doch alle elf Spieler der gegnerischen Mannschaft fielen tot um und dreißig Zuschauer erlitten Verbrennungen. Im Kongo war man davon überzeugt, dass der Blitzschlag auf einen Zauberer zurückging, der der Basanga-Mannschaft zum Sieg verhelfen sollte.

Der Fussballkult

»Ein Spiel dauert zweimal 90 Minuten …
Äh, oder doch 45? … Das wäre vielleicht zu lang …«

Verona Feldbusch-Pooth in einem TV-Interview
»Ich bin mit Fußball aufgewachsen«

Fußball ist nicht nur eine Sportart, die beliebteste Sportart weltweit, Fußball ist Kult. Wir leben im Zeitalter der Event-Generation. Viele überlieferte Traditionen fielen der Geschwindigkeit des modernen Lebens zum Opfer. Familien lösen sich auf, alte Werte und Moralregeln fallen unter den Tisch, doch Fußball boomt. Weshalb ist das so? Was ist das denn, ein Kult?

»Kult(us), der äußere Ausdruck der inneren Ehrfurchtshaltung dem Göttlichen gegenüber. Die Kulthandlungen sind meist an einen bestimmten Raum und oft auch an ein die Gottheit darstellendes Kultbild gebunden. Viele Worte, Gebärden und besonders komplexe Handlungen können gleichzeitig Symbol des Heiligen selbst sein, wie auch Mittel, den Begriff des Heiligen mitzuteilen oder sogar die Gottheit gegenwärtig zu setzen«, schreibt Manfred Lurker im Wörterbuch der Symbolik und im Hinblick auf das Kultsymbol: »In allen Religionen ist

das Symbol für den Kult zentral, insofern Kult als rituelle, objektiv gebundene, gemeinschaftsbezogene Handlung gilt, durch die eine einmal gewirkte göttliche Tat gegenwärtig wird, sodass die Kultgemeinde sie mitvollziehen kann.«
Gerade Länderspiele, Meisterschaften und natürlich die Weltmeisterschaft entsprechen dieser Vorgabe vollkommen. Götter werden aufgebaut, die Menge lechzt danach, sie zu sehen. WM-Karten sind nicht besonders begehrt, wenn sie Einlass in Vorrundenspiele, sagen wir, zwischen Burma und Madagaskar, bieten. Alle wollen die Brasilianer sehen, denn Brasilien ist Kult im Kult. Das hängt wohl mit dem magischen Habitus der Spieler, mit ihrer Lebensfreude und ihrem Vorbildcharakter im Fußball zusammen. Aus größter Armut an die Spitze des Weltfußballs aufgestiegen, versinnbildlicht die brasilianische Mannschaft weltweit den Traum vom »kleinen Mann«, der es nach oben schafft. Der erste dunkelhäutige Spieler in einer Meisterschaft war auch ein Brasilianer, Artur Friedenreich, Sohn eines Einwanderers und einer afrobrasilianischen Wäscherin, verhalf Brasilien 1919 zum Sieg in der Südamerika-Meisterschaft.
Die Götter des Fußballs ziehen die Massen in ihren Bann, wie einst die Zauberer der Steinzeit ihre Kundschaft. Ob Roger Milla seinen Makossa-Tanz um die Eckfahne herum zelebriert und dafür mit frenetischem Jubel gefeiert wird, ob Julius Agahova

nach jedem Tor seine Flickflacks macht oder Zinedine Zidane sich nach einem Tor das Hemd über den Kopf zieht – die Menge wartet auf ein Zeichen. Je fantasievoller, umso besser.

»Dass die Frage, ob Ronaldo sich die Haare wachsen lässt oder nicht, ins Zentrum der Debatten rücken kann, zeigt uns, dass der zu Zeiten der Diktatur als ›Opium für das Volk‹ benutzte Fußball längst zur harten Droge der Demokraten geworden ist«, sagt der spanische Krimischriftsteller Vasquez de Montalban.

Man könnte ja meinen, auf die Dauer langweilten sich die Zuschauer: Immer derselbe Ablauf, zweimal fünfundvierzig Minuten, eine Viertelstunde Pause dazwischen, zweiundzwanzig erwachsene Männer laufen hinter einem Ball her, gelegentlich gelingt es, diesen Ball in eines der beiden Tore an jedem Ende zu schießen. Und das war's eigentlich schon. Wenn man dieses Spiel jetzt erfinden würde und fragte einen PR-Fachmann, wie man es promoten solle, würde der sicher sagen, dass da zu wenig passiert, dass man mit so einem festgelegten, immer gleichen Ablauf keinen Hund hinter dem Ofen hervorlocken könne.

Weit gefehlt. Jedes Wochenende und manchmal dann auch noch am Dienstag oder Mittwoch, wenn eine außerordentliche Meisterschaft ausgetragen wird, pilgern die Menschen zum Stadion, bezahlen ihre nicht gerade billigen Karten und das, obwohl sie das Spiel meist kostenlos im Fernsehen anschauen könnten. Dafür gibt es eben nur eine Erklärung: Magie. Die kann man nicht beim Fernsehen erleben, außer man stellt die Aura, die Essenz des Kults anders her, durch gemeinschaftliches Zelebrieren des Spiels in einem Sportlokal, mit Getränken, die zum Ritual passen.

»Der Fußball ist einer der am weitesten verbreiteten religiösen Aberglauben unserer Zeit. Er ist das wirkliche Opium des Volkes«, sagt Umberto Eco. Die Menschen vergessen ihre Sorgen, sobald sie in das magische Kraftfeld des Stadions eintauchen. Sie erleben Gemeinschaft, sie fiebern einer Handlung entgegen, die sie weder satt macht noch ihre alltäglichen Probleme löst. Sie stimmen gemeinschaftliche rituelle Gesänge an, sie fallen einander im Freudentaumel in die Arme und leiden Höllenqualen, wenn ihre Mannschaft verliert. Die Demütigung einer Mannschaft ist quasi die Demütigung jedes einzelnen Anhängers dieser Mannschaft. Das erinnert an rituelle Zeremonien der Kopfjäger in Neuguinea: Das unterlegene Dorf wird gedemütigt und vorgeführt. Danach wird gefeiert und eine friedliche Stimmung breitet sich aus. Man vereinbart, wer das nächste Kultfest organisiert.

Fußball ist im Bewusstsein der Fans derart überhöht, dass ein Sieg auch das nationale Ehrgefühl (wieder) herstellt, wie im Fall der WM 1954. Deutschland war am Boden, von der Welt geächtet und dann kam Bern,

das Spiel gegen Ungarn. Es regnete. Ein gutes Zeichen für die Deutschen, die bei Regen oft gewannen. Der Sieg in Bern, das allseits bekannte »Wunder von Bern« war ein Fanal. Mit Deutschland ging es aufwärts. Eine symbolische Handlung löste ein neues positives Nationalgefühl aus. Der Krieg war noch keine zehn Jahre vorbei und schon verblasste die Schande, Hitler gefolgt zu sein und das Grauen des Holocaust geduldet und mitverantwortet zu haben. Vorbei. Wir sind wieder wer. Wir sind Weltmeister. Deutschland ist Weltmeister, schrie die heisere Stimme Zimmermanns durch den Äther. Und das war mehr als nur ein Fußballergebnis.
Bei der afrikanischen Meisterschaft 2004 trat die Mannschaft Senegals als Hoffnungsträger, ja, in der Favoritenrolle an. Dakar wurde geschmückt. Auf der Place de L'Indépendance wurde ein Podium mit einem Großbildschirm errichtet, davor Stühle, Eintritt frei. Die ganze Nation sollte den Triumph der Löwen erleben. Senegal würde aus dem Dreck gehoben in ein goldenes Zeitalter des Ruhms. Die Spieler wurden wochenlang in den Zeitungen interviewt, ihre Lebensgewohnheiten, ihre Familien vorgestellt, Prognosen aufgestellt, wie sie sich grandios von Sieg zu Sieg schwingen würden.
Dann war nach wenigen Spielen schon alles zu Ende. Sang- und klanglos traf die Mannschaft in Dakar ein, das Podium wurde abgebaut, obwohl doch die afrikanische Meisterschaft erst begonnen hatte.

Eine Schande, ja ein nationales Desaster war dieses frühe Ausscheiden. Die Last der nationalen Identität hatte die Spieler gelähmt, zu groß war der Druck, zu allumfassend die Bedeutung.
Da hätte vielleicht die Bemerkung Fredi Bobics nach einer Niederlage geholfen: »Man darf jetzt nicht alles so schlecht reden, wie es war!«
Auch für die Spieler selbst kann ein Spiel in kultische Höhen aufsteigen. »Hoch über dem Strafraum steht der weiße Mond, senkt sich langsam, zögert, schwebt noch … es ist sein Ball, er muss ihm entgegen … Und er drückt sich vom Boden ab. Der Rasen federt ihn nach oben, waagerecht ins Leere, über das Quirlen von Leibern und Beinen hin, die von unten stoßen, wirft er sich rücklings unter den Ball, Rauschen kippt das Stadion hinüber, Blau aus der Tiefe des glühenden Himmels, Sonnenglanz in den Augen, süße Stille einen Sekundenschlag lang, in dem schon die brüllenden Wände über ihm zusammenstürzen. Tor. Tooor … Er lag mit geschlossenen Augen. Lag und lauschte«, schreibt Oliver Storz in »Finale eines Stürmers«.
Wie die Gläubigen zur Kirche, so pilgern die Fußballfans ins Stadion, auf den Bolzplatz, in die Arena. Sie zelebrieren den Kult in allen Facetten, lassen Rufe anschwellen und wieder ausklingen, singen ihre Lieder, ohne Choreographie, ohne Anleitung, nie geübt und doch immer vollkommen. Niemand hat jemals die La-Ola-Welle einstudiert und doch

fließt sie mühelos und elegant durch die Massen. Die Priester des Kults nehmen sich an den Händen, verbeugen sich vor den Anhängern, induzieren Jubel, Gesang braust auf … In dieser gemeinsamen Energie steigt die spirituelle Essenz auf, die Endorphine ausschüttet. Menschen weinen, fallen sich in die Arme, hüpfen auf und ab. Fehlt nur, dass Feuerzungen vom Himmel fallen und alle Menschen einander in ihrer eigenen Sprache verstehen. Oder ist es nicht gerade so?

Magische Rituale haben oft eine sehr komplexe Choreographie. Durch vorher bestimmte und immer wiederholte Handlungen wird das Heilige, das Verehrte, das Göttliche gerufen, bis Ekstase die Anhänger des Kults in einen gemeinsamen Rausch hebt. In vielen alten Kulten am Amazonas, in Nigeria oder auch in Neuguinea beschleunigen giftige, rauscherzeugende Substanzen die Ekstase, stellen eine bewusstseinsverändernde Wahrnehmung her und lösen im Anhänger des Kults einen Ausnahmezustand aus: Jetzt kann er körperliche Qualen aushalten, vergisst seine Alltagssituation und wird eins mit dem Göttlichen.

Im Fußball wird mit Bier die bewusstseinsverändernde Wahrnehmung ausgelöst, schon kümmert sich der Sportsfreund weder um seine Körperausscheidungen noch um die unmittelbare Bedrohung durch Ordnungshüter. Alles ist ihm einerlei, er schwebt in höheren Sphären und verachtet alle, die dem Kult nicht angehören. Seine heiligen Gesänge grölend, verlässt er den Kultort und trägt seinen erhabenen Körper ins nächste Wirtshaus, wo er mit Gleichgesinnten, mit anderen Anhängern des Kults dessen Geheimnisse austauscht. Sie ziehen durch die Straßen in dem Gefühl, mit allen Fans des eigenen Kults eins zu sein und alle Feinde vernichten zu müssen. Während die Götter unnahbar, wie halt Götter so sind, in den Wolken verschwinden (im wahrsten Sinn des Wortes, denn oft genug fliegen sie gleich weiter zu einem anderen wichtigen Spiel oder in ein Trainingslager) und keine Ahnung von den Niederungen des Kults haben, versinken ihre Anhänger in der trostlosen Wirklichkeit ihres Alltags, in dem Götter nur in Form von Bildern und Symbolen anwesend sind.

Der Reichtum, der Glanz und der Glamour der Götter stimuliert noch den letzten Diener des Kults, wenn auch die eigene Lebenssituation desolat ist. Da kommt der Fußball den Religionen sehr nahe. Die Hoffnung liegt immer in der Zukunft. Bleibe deinem Glauben treu und du wirst – irgendwann, am besten erst im nächsten Leben, weil das nicht überprüfbar ist – erhoben, kommst deinem Gott näher. In der Kirche oder im Stadion fallen für den Gläubigen alle Schrecken des Lebens ab, er vergisst Not und Qualen.

Fern vom magischen Kraftfeld des Kults gibt es nur ein Ziel: Schnellstmöglich wieder hinein in die Ekstase des Kults. Siegen! Das nächste Spiel wartet bereits hinter der nächsten Ecke, denn nach dem Spiel ist auch für den Fan vor dem Spiel. Wenn schon nicht selbst etwas erreichen, dann wenigstens am Sieg der »eigenen« Mannschaft teilnehmen. Der Siegesschrei, der aus vielen Kehlen zu einem einzigen gemeinsamen ekstatischen Schrei wird, der alle verbindet, hebt den Anhänger des Kults in himmlische Sphären. Der Verstand setzt aus, das Kultische ersetzt das individuelle Denken. Alle werden eins im Sieg, der Gegner wird verhöhnt. Elf Freunde sollt ihr sein, heißt es denn auch, nicht: Zweiundzwanzig Freunde sollt ihr sein, und den Schiedsrichter sollt ihr lieben. Nein, Gegner bleibt Gegner und der Wächter des Kults, der Hohepriester, wird nicht geliebt. Nicht mal sprechen darf man mit ihm, so wie man mit einem Priester in Afrika nicht sprechen darf. Er deutet, pfeift, droht. Wer mit ihm diskutieren will, geht vom Platz.

Magie ist undemokratisch, Fußball auch. Die wirksamen Einzelheiten des Rituals werden nicht diskutiert. Der Ablauf des Spiels wird nicht diskutiert. Er ist festgelegt. Na ja, fast. Sieht man einmal davon ab, dass die Abseitsregel verändert wurde. Kompliziert wie sie immer schon war, befriedigte sie dennoch nicht die grauen Eminenzen, die Drahtzieher, die Nutznießer des Kults. Sie drehten die Schraube etwas enger, um die Spielbeteiligten noch ein wenig mehr in Rage zu bringen. Nach der neuen Abseitsregel müsste der Schiedsrichter jetzt einen kleinen Bildschirm bei sich führen und überprüfen, ob der Spieler, der gerade nicht spielbeteiligt ist und deshalb nach der neuen Abseitsregel nicht im Abseits steht, obwohl er im Abseits steht, nicht aus dieser Situation doch noch in Ballbesitz kommt, denn dann wäre er nachträglich im Abseits und jetzt, Minuten später, müsste also auch das Abseits gepfiffen werden. Alles verstanden? Macht nichts. Es geht um die Komplexität des Kults, es geht darum, dass gar nicht alle durchblicken sollen, dass man die Kultbeteiligten in Atem hält, den Kult in eine neue energetische Dimension bringt.

Wunder und Rätsel liegen in mystischen Ritualen nahe beieinander. So ist das bereits erwähnte Wunder, das Nigerias Nwankwo Kanu bei der WM 1996 in den USA vollbrachte – zwei Tore in fünf Minuten, und zwar den letzten fünf Spielminuten überhaupt –, so atemberaubend und rätselhaft zugleich wie das Missgeschick, das 1966 zwei Spielern mit dem Namen Jones passierte, die für den FC Chester kickten und nicht verwandt waren. Ray und Bryan Jones brachen sich im selben Match das Bein, beide das linke.

Manche alten Hasen des Kults haben sich schon so an ihre Machtstellung gewöhnt, dass sie sich gar nicht vorstellen können, entthront zu werden. Das passierte Argentinien bei der WM 1990. Zur Überraschung aller Fußballfans stieg die No-Name-Mann-

schaft Kameruns in einem einzigen Spiel zu Weltruhm auf, sodass die »Times« titelte: »Cup Magic«. Kamerun schlug den amtierenden Weltmeister mit 1 : 0 und lieferte auch noch das unterhaltsamste Spiel mit Tanzeinlagen. Unumstrittener Magier des Teams war Roger Milla, von dem noch heute geschwärmt wird, obwohl er gar nicht mehr spielt. Seine magische Sternstunde, sein hinreißender Tanz wird immer unvergessen sein.
Ein Ritual ist ein komplexer Vorgang, der nicht unbedingt von den Anhängern verstanden werden muss, obwohl der Kult natürlich auch davon lebt, dass nach jedem Ritual sich alle Beteiligten darüber erregen, erfreuen, es diskutieren und einander in die Haare geraten, wegen abweichender Meinungen.
Ein wesentlicher Bestandteil eines jeden Kults ist natürlich das Geld, also das Opfer. Die Anhänger müssen opfern, die Götter und die Priester wollen Geld sehen, viel Geld. Und so wie die Marabuts, die »heiligen Männer« in Afrika, den Menschen das letzte Geld abpressen, um einen Grigri, also ein Zauberamulett, zu verkaufen, so zocken die Vereine das letzte Geld der Fans ab, um ihren Fußballgöttern Millionen zu zahlen, um die Funktionäre mit Villen und dicken Autos, astronomischen Gehältern und jedem möglichen Luxus auszustatten. Kein Fan ist darüber irgendwie sauer. Während sie selbst das Bier aus der Dose schlürfen, sehen sie dennoch bewundernd auf ihre Helden, die Champagner aus den

Schuhen ihrer weiblichen Beute trinken. So muss es sein. Der Gott darf nicht in der Siedlung wohnen und in seinem Treppenhaus darf es nicht nach Kohl riechen, das ist ja wohl klar. Der Fußballgott steht mit seinen Symbolen für Wohlstand, Glück, Aufstieg, Glanz. Der Gläubige fühlt sich mit erhoben, auch wenn er auf dem Fahrrad mit einem billigen Rausch heimzockelt. Reine Magie.

Der Fan steht zu seinem Verein, lebt mit seiner Mannschaft Höhen und Tiefen, treu bis in den Untergang. Er nimmt weite Reisen in vollen Zügen oder Bussen in Kauf, um seinem Verein zu einem Auswärtsspiel zu folgen, er kasteit sich selbst, um sich das Stadion leisten zu können. Und auch die Trikots sind, wie alle Devotionalien des Kults, richtig teuer. Es werden Opfer gefordert.

Opfer spielen auch in traditionellen magischen Ritualen eine große Rolle. Wie buddhistische Klöster, die Tibets Bauern ausgenommen haben, wie die Kirche mit der Kirchensteuer die Gläubigen im Griff hat und die neuen magischen Bewegungen ihre AnhängerInnen zu immer neuen Kultkäufen anregen, vom Ritualmesser übers Pendel bis zur adäquaten Kleidung, so saugt sich auch der Fußballverein am Fan fest. Vom Kaffeebecher zum kleinen Kleiderbügel mit den Klamotten des Teams, der dann am Rückspiegel des Fans im Auto die freie Sicht auf den Verkehr behindert, ist alles geboten. Gerade Jugendliche hängen sehr von den Kultgegenständen der

Fußballreligion ab. Wer sich nicht das aktuelle Trikot seines Lieblingsspielers leisten kann, ist out wie ein »Aldi-Kind«. Wer im Kult integriert sein will, muss die neuesten Devotionalien haben, die angesagten Lieder kennen, die Rituale im Stadion beherrschen und zur richtigen Zeit die richtigen Worte sprechen.

Die Aufnahme in den Kult erfordert ein Initiationsritual. In magischen Gesellschaften Südamerikas werden zum Beispiel jungen Männern große Ameisen mit einem Netz auf den Rücken gebunden. Unter Höllenqualen müssen die Initianden warten, bis die Ameisen entfernt werden. Der Eintritt in die Gemeinschaft der Eingeweihten wurde mit Härte und Schmerz vollzogen. In der ersten deutschen Nationalmannschaft nach dem Krieg gab es für Verfehlungen wie Zuspätkommen »den heiligen Geist«: Hose runter und jeder durfte draufhauen.

Die Zauberer

»Rehakles. König von Griechenland.«

Schlagzeile nach dem EM-Sieg der Griechen

Ein Zauberer, ein Schamane, hat charismatische Wirkung auf andere. Er ist nicht einfach irgendein Mensch, er vertritt ein ganzes Universum. Er verbreitet eine Aura, ein starkes Energiefeld umgibt ihn. Die Mannschaften werden Zauberern anvertraut. Kommt ein neuer, verschwinden die Vorgänger im Nebel der Geschichte, sind fast schon vergessen, weil sie irgendwie keine wirklichen Zauberer waren, eher die Vorboten des neuen: Jürgen Klinsmann. Vorbei die Begeisterung um Rudi Völler, vorbei die Hoffnung auf Berti Vogts. Oder ist auch Klinsmann nur eine Sternschnuppe? Wie schnell sich der Wind der Gunst dreht, zeigt auch die Geschichte von Otto Rehagel: In den Himmel gehoben, König von Griechenland, einmal nicht gewonnen, schon zerronnen, jedenfalls, wenn man der deutschen Presse glauben mag. Das geht ohnehin sehr schnell: Kaum in den Himmel gehoben, schon wieder vernichtet.

In der Magie wird niemand auf den Thron gesetzt und niemand heruntergestoßen. Allein die Kraft ist entscheidend, die Kraft zu rufen, zu bannen, zu binden, zu lösen, zu wandeln.
Die Magie kennt keine Mitbestimmung, keine Demokratie, keine Selbsterfahrungsrunden. Allein die magische Kraft zählt. Sehen wir uns einen Schamanen in einem Ritual genauer an: Die magische Reise wird angetreten, der Zauberer fällt in Trance, er springt auf, wirbelt herum, schreit oder singt, lacht, wirft sich auf den Boden, spricht mit den Geistern, verdreht die Augen, hat Schaum vor dem Mund, er ist nicht ansprechbar, die Assistenten weichen vor ihm zurück, achten jedoch darauf, dass er sich nicht verletzt. All das könnte auch einen Fußballtrainer bei einem entscheidenden Spiel beschreiben.
In »Fußballmythen« schreibt Christian Eichler: »Die Ballzauberer pflegen nicht einfach draufzuhauen, sondern befassen sich intensiv mit dem Spiel- und Flugobjekt. ›Da war ein sinnliches Verhältnis zu meinem Objekt, das bei jedem Fußtritt anders reagierte, das stets anders behandelt werden wollte‹, sagte Netzer über den Ball.« Und weiter: »Der Zauberball wird meist um die Ecke geschossen wie die Tempo-150-Banane von Roberto Carlos beim Tournoi de France 1997.«
Ein Zauberer muss nicht sympathisch sein, oft ist er nicht einmal besonders erfolgreich und dennoch strömt etwas von ihm aus, das die Menschen in sei-

nen Bann zieht – magische Kraft. Seine Worte werden andächtig wiederholt, wie die von Trapattoni: »Ich habe fertig.« Oder die von Franz Beckenbauer, dem Kaiser. »Ja, sicherlich. Jetzt schau'n wir mal, dann sehen wir's schon.« Er sagt praktisch nichts, das aber so ausdrucksstark, dass es als Aussage durchgeht. Nicht als Redner wird er verehrt, sondern nach wie vor liegt der Heldenmantel des Libero, des eleganten Spielmachers, des flinken Balltreibers um ihn. Die Bekanntheit, die er weltweit erreicht hat, hat nichts mit seiner wirklichen Leistung zu tun, sondern mit einem magischen Gesetz: Verbündet sich ein Zauberer mit mächtigen Symbolen und Menschen, dann ist egal, was er sagt und tut, es wird immer zu seinen Gunsten, zur Mehrung seines Mythos arbeiten. Kaiser Franz hat hier gemauschelt, dort etwas versprochen, er hat seinen Ruhm in die Waagschale geworfen und so lange seine Hand drübergehalten, bis als Essenz die WM für Deutschland feststand. Das Werk eines Zauberers. Überall auf der Welt kennt man seinen Namen, sein Lächeln, seine Stimme. Das Alter hat diese Wirkung nicht gemildert, sondern sogar noch verstärkt, auch ein typisches Merkmal starker Zauberer, wie zum Beispiel auch Otto Rehagel einer ist. Der Trainer, der schon die Bayern dressierte und immer unabhängig von der Meinung der Sportpresse seine Entscheidungen mit Frau Beate fällte, entfaltete die volle Wirkung seiner Magie in Griechenland: Aus

Rehagel wurde Rehakles und damit der mythische Held. In der Verbindung zum alten griechischen Mythos des Herakles lebte eine Kraftquelle auf, das Symbol für Unbesiegbarkeit. Das Unmögliche wird möglich, weil starke Symbole eingesetzt werden.
David Beckham dagegen hat eher etwas von einem Coyote-Schamanen der indianischen Mythologie. Dieser »Trickster« verwirrt die Gedanken der Menschen, er verdreht die Werte im Kopf und macht närrische Kunststückchen, mit denen er Wirklichkeiten erscheinen und verschwinden lässt. Wann hat Beckham zuletzt brillant gespielt? Für seinen Ruf ist es völlig unerheblich. Er ist Becks, der gut aussehende Engländer mit der Nummer 23 und einer Kultfrau an seiner Seite, er baut seinen Kindern kleine Schlösser und verfügt über ein Millioneneinkommen, das unmöglich mit seiner spielerischen Leistung zu tun haben kann. Aber er fährt für England nach Singapur und holt die Olympischen Spiele 2012 nach London – der Meister des Events einer Eventgeneration. Seriöses Handwerk bedeutet der Eventgeneration nichts, die charismatische Großveranstaltung mit Einwirkung der bekannten Zauberer dagegen alles. Beckham ist der Zauberer, der die Menschen dazu bringt aufzujubeln, wo nichts stattfindet, in Bewunderung niederzuknien vor der ereignisarmen Routine des Fußballalltags. Wie der indische Fakir, der einen Schlangenbeschwörungstrick zelebriert, auf den alle Menschen wie gebannt star-

ren, und der sich in Filmaufnahmen als Mann mit Korb und Schnur entpuppt, haut Becks seinem devoten Publikum die Magie des Kults um die Ohren, lässt durchsickern, dass er gern Frauenkleider und die Unterhosen seiner Posh Spice ausprobiert, trägt Zöpfchen, Pferdeschwanz, Glatze, um den Zauber zum Schillern zu bringen, und bringt immer wieder seine Virilität ins Spiel – denn nichts ist so mächtig bei einem männlichen Zauberer wie eine Erektion, im eigenen oder im fremden Bett. Da muss er keine Tore mehr bringen, die Anbetung ist ihm dennoch gewiss. Denn die Magie des Fußballs hat auch mit männlicher Zeugungskraft, mit Revier und Dominanz zu tun, nicht nur mit Leistung auf dem Spielfeld. Die Bayern beschreiben das mit: »A Hund is er scho!« Der Hund als Hüter der Unterwelt, der auf Raubzug geht und dann doch wieder loyal und treu ist.

Auch Verona Feldbusch-Pooth ist von Fußball fasziniert. Sie sei mit Fußball aufgewachsen, gab sie zum Besten. »Diese Uniform, dieses typisch Männliche ›wir sind ein Verein‹, da wird man natürlich neugierig, will man Mäuschen spielen – was tun die da?« Die Neugier auf den Männerkult ist bei Frauen nicht selten, wenn sie ihn auch nie ganz nachvollziehen können.

Es gibt solide Fußballer, die sich, Saison für Saison, abrackern, zuarbeiten, sauber spielen, sich nicht schonen und deren Namen kein Schwein kennt.

Fleiß und Leistung interessieren nicht allein. Ein charismatischer fleißiger Kicker kann dennoch nicht so recht hochkommen, wenn er die Massen nicht verzaubern kann. Die Mannschaft soll schon siegen, doch die wahren Helden sind die Zauberer, die eine Aura des Ungewöhnlichen umgibt.

Rechtschaffene Fußballfans werden mir jetzt widersprechen und mir Namen nennen, die für soliden Fußball, für elegante Pässe und brillante Abwehrarbeit stehen, sie werden an all die Fans erinnern, die sich Woche für Woche in den »Zweitligistenarenen« und auf Dorfwiesen die Beine in den Bauch stehen und ihre *local heroes* anfeuern. Aber die sind keine Magier – außer sie werden welche. Fußballexperten kennen sie, aber kennt sie auch die Zeitungsausträgerin, der fünfjährige Junge, die Blumenfrau, der italienische Automechaniker oder die Straßenbahnfahrerin in Oslo? Magie wirkt bevölkerungsübergreifend und die Magie der Fußballzauberer liegt – so rätselhaft und unergründlich sie oft scheint – in ihrer Fähigkeit, aus Stroh Gold, aus nichts Ruhm oder aus einer schlechten Kondition gute Presse zu zaubern. Und natürlich die gelegentliche Glanzleistung zu produzieren, die es für den Kult unbedingt braucht, damit der Zauber weitergeht.

Einer, bei dem überhaupt nichts mehr geht und der dennoch im Blickfeld, ja in der Liebe des Publikums geblieben ist, der durch seine Krankengeschichte und seine Entfettungskuren stärker in der Presse vertreten war als durch irgendeine Nähe zum Fußball, ist Diego Maradona. Skandalumwittert schon während seiner aktiven Zeit beim SSC Napoli, fett, drogensüchtig, undiszipliniert und krank wurde er dennoch von den Fans so sehr geliebt, dass bei seinem Abschied die Nummer 10 im Team von Neapel nicht mehr vergeben werden sollte, was die FIFA jedoch untersagte. Wieder ein Beweis dafür, dass es in der Magie des Fußballs keinesfalls um brillantes Fußballspielen allein geht, sondern vielmehr um die Ausstrahlung des Zauberers, um sein Charisma, um seine Präsenz in der Fantasie der Fans.

Das war früher anders. Ein Fußballzauberer musste mit dem Ball zaubern, um geliebt zu werden, und an Glanzleistungen fehlte es nicht. Da war Ferenc Puskas, ungarischer Ballzauberer par excellence, Helmut Haller, Fritz Walter, Uwe Seeler … Da gab es »kleines dickes Müller« (so nannte der Trainer Tschik Tschaikowsky Gerd Müller), der mit seinem Schenkelumfang von der Stärke eines Baumstamms einfach jeden Ball reinsetzte, den er nur irgendwie vor den Fuß bekam, egal wie weit entfernt er vom Tor stand. Es gab Wolfgang Overath, Günter Netzer, Bobby Moore. Oder Sepp Maier, der in der Tradition der Illusionszauberer in seinem Tor das Publikum zu Lachstürmen hinriss und kleine Zauberkunststückchen einlegte, ganz so, als sei der Job als Tormann nicht wirklich eine Herausforderung. Sein Spruch »Ich will Maier heißen, wenn Sie hier nicht

lachen!« machte Geschichte und machtlos wurde er erst, als er sich seiner Komik bewusst wurde und fortan schriftlich, in mehreren Büchern, komisch sein wollte. Entzaubert!
Faszinierend, schillernd, poetisch und erfolgreich wie kein anderer war Günter Netzer, der heute im Fernsehen bei wichtigen Spielen mit seinem fachlichen Wissen brilliert. »Wenn Günter Netzer wehenden Haupthaares und mächtigen Schritts aus der Tiefe des Raumes kam, wurde Sport zur Kunst«, schwärmte Lothar Matthäus, auch kein Unbekannter im Fußball. Das Haar, in der Magie Trägersubstanz der spirituellen Kraft einer Person, war Netzers magisches Mittel, das auch David Beckham einzusetzen weiß. Erotik und magische Kraft aus dem Haar bannen Dominanz und schüchtern den Gegner ein, ja bezaubern und verstricken ihn. Natürlich weiß ich, dass jeder Fußballfan jetzt sagt: Blödsinn. Und doch spielt die magische Wirkung der Haare gerade bei Beckham eine entscheidende Rolle: Er hat die Presse auf den Knien oder Hohn lachend, ihn schmähend und gurrend, ihn bewundernd, wenn er sich mal wieder eine neue Frisur ausdenkt. In einem Fragebogen, der, nicht ganz ernst gemeint, dennoch die Meinung von Günter Netzer ergründen sollte, gibt er als seinen größten Fehler unter anderem an, nicht oft genug zum Friseur zu gehen. Er ironisiert also das Thema Haare, das die Presse hochspielt, nachdem er es unignorierbar in die Welt gebracht

und gleichzeitig heruntergespielt hat. Reine Magie. Sein Motto beweist es: »Löse die vor Glück wahnsinnig machende Explosion im Strafraum aus … Lass ein, zwei, viele lange Haare wachsen.«
Netzer bediente wie kein anderer die rituellen Mechanismen zum Beispiel beim Freistoß. »Wenn sich Netzer den Ball für einen Freistoß zurechtlegte, war das ein Ritual. So sensibel er den Ball ins Gras bettete, so fürchterlich war das Ergebnis für den Torwart«, schreibt Helmut Böttiger in dem Artikel »Wie es mit dem Fußball zu Ende gegangen ist«. Dem linearen Bolzen der Aborigines aus Bayern setzte der Mönchen-Gladbacher die reine Magie der Ästhetik entgegen. Ganz im Sinne der »Freischützen«, die mit der magisch aufgeladenen Kugel das Unmögliche möglich machen, verwandelte Netzer den stinknormalen Fußball in einen unhaltbaren, unsichtbaren magischen Geisterball, der sich zum Entsetzen des Torhüters erst hinter diesem wieder materialisierte.
An den Kultpersonen Netzer und Beckenbauer kommt auch heute niemand vorbei. Netzer legt im Fernsehen die Spur, wie wir uns Fußball zu denken haben. Nach internationalen Spielen der deutschen Mannschaft wird im Fernsehen immer so eine Art theologische Diskussion zwischen Günter Netzer und dem Sportmoderator Gerhard Delling geführt, die streng über die Regeln des Kults wachen, wie eine Art Fußball-Erzdiözese. Netzer, alter Priester

des Kults, kennt sich aus und darf so unaussprechliche Tabus knacken wie die neue Abseitsregel, von der er nach dem Freundschaftsspiel Deutschland/Holland in Rotterdam sagte: »Jeder Linienrichter hat mein vollstes Verständnis, wenn er diese unsägliche [ich glaube, er sagte sogar dämliche] Regel nicht pfeift.« Beckenbauer ist »der gefühlte Präsident«, wie es die »Süddeutsche Zeitung« beschreibt. Zauberer gehen nicht einfach in Rente. Das gilt auch für Maradona, den gefallenen Engel des Fußballhimmels. So viel kann Daum gar nicht koksen, dass ihn die Menschen so lieben, wie Maradona mit all seinen Höhen und Tiefen geliebt wurde und immer noch geliebt wird. Die wahren Zauberer der Kunst sind über Tagespolitik, Querelen und Sympathiebekundungen erhaben. Sie sind. Manche paaren sich mit der Macht der Politik, lassen sich auf glanzvollen Ereignissen der Regierenden sehen, geistern durch die Tagespresse. Manche hört und sieht man nicht, bis sie plötzlich auftauchen, wie die Fußball-Legende Pelé, der heute nur noch für gute Zwecke vor der Fernsehkamera das Bein hebt und den alten Mythos schlagartig erweckt und neu belebt. Zauberer kann auch die Presse nicht entthronen, diffamieren und ins Abseits jagen. Verbunden mit der Macht der Gestirne, die in den ersten Ballspielen durch den Ball symbolisiert wurden – was auch heute noch durchschimmert –, wird der Ballzauberer selbst zum Star.

Der unumstrittene Zauberer der »Unparteiischen« ist Luigi Colina. Von hünenhafter Gestalt mit polierter Glatze sieht er jede Abweichung von der Regel und agiert mit Witz und Gelassenheit. Selbst im hitzigsten Gefecht verliert er nie den Überblick. Er repräsentiert den sauberen, fairen Fußball, rituellen Kampf mit klaren Regeln wie kein anderer.

Zauberer leiden nicht an übertriebener Bescheidenheit. Franz Beckenbauer, in der Sendung »Menschen 2005« von Johannes B. Kerner gefragt: »Wie war das Jahr?«, sagte schlicht: »Außer dass ich sechzig geworden bin, war wenig Spannendes.«

Fetische, Farben, Symbole

»Der springende Punkt ist der Ball.«

Dettmar Cramer, Trainer

Hätte es in Deutschland nicht unter allen Hexenverfolgungen der christlichen Kirche in Europa die grausamste gegeben, wären uns vermutlich die magischen Rituale nicht so fremd, die ja nichts anderes sind als eine Affirmation der eigenen Kraft durch ein (symbolisches) Bündnis mit stärkeren Mächten, mit der Natur, mit Geistern, Göttern, Göttinnen, Tieren, Pflanzen. Vor etwa tausend Jahren war der Siegeszug der christlichen Kirche in Deutschland vollkommen. Alle Gegenden waren christianisiert, jetzt begann der Kampf gegen die Andersgläubigen, die irgendwie keine Lust hatten, einen blutenden Mann am Kreuz zu verehren, und lieber bei Frühlingsanfang auf die Felder zogen, um lustvolle Orgien abzuhalten. Ihre Rituale, die den Winter vertreiben, die Fruchtbarkeit rufen, Heilkräfte aufsteigen lassen und das Leben erleichtern und verschönern sollten, wurden von der Kirche verboten. Magische Amulette und Zaubereien wurden verbannt oder besser gesagt: Die Kirche verleibte alle wirksamen und beliebten Mittel ihrem eigenen Kult ein. Aus Talisman und Amulett wurden Breverl, kleine, aus Stoff genähte oder Metall gefertigte Behältnisse für Kurzbreviere, also heilige Texte. Alle Rituale wurden der Kirche im Rahmen von Gottesdiensten und heiligen Festen, Umzügen und Wallfahrten einverleibt. Damit verschwand natürlich die Magie in Deutschland nicht vollkommen, sondern nur von der Bildfläche. Die Magie blieb Volkskult unter den Röcken der Maria, unter der Dornenkrone von Jesus. Unberufen! Verschrei's nicht! So lauten die Dämonen bannenden Zauberformeln heute immer noch.

Bis heute wirken die Gesetze der Magie. Der Fetischkult in Form von Markenkleidung, angesagten Farben, rituell notwendigen Betätigungen treibt immer neue, fantasievolle Blüten. Und wer versucht, in Weiß-Blau unter den Fans der Bayernkurve ein Lokalderby anzuschauen, kann erleben, wie mächtig so etwas Harmloses wie eine Farbe sein kann.

Dass der Fußballverein 1860 München als »die Löwen« bezeichnet wird, hängt vermutlich mit dem bayerischen Wappentier zusammen. Löwen sind starke Raubtiere. Wer sie auf die eigene Seite ziehen kann, wird auch stark und mächtig. Und das wiederum ist ja auch der Sinn eines Wappentiers – reine Magie. Auch die Kameruner Mannschaft und das senegalesische Nationalteam nennen sich Löwen.

Löwen sind einfach unschlagbar, vor allem anscheinend in Gegenden, wo es gar keine mehr gibt.
Ein Wappen, eine Vereinsfahne, ein Vereinsemblem entspricht in allem einem magischen Amulett. Fahnen mit magischen Applikationen gehören zur uralten Tradition im Voodoo, in der Religion der großen Schlange in Togo, Benin und Nigeria. Die dargestellten Farben rufen die entsprechende Kraft. So steht Rot für die Lebenskraft. Tatsächlich müssen die Fotozellen im Auge hart arbeiten, um Rot verarbeiten zu können. Blau schafft Raum und entflieht dem Auge. Wie die Fahnen der Voodoo-Gesellschaften bei Umzügen die Kraft der Erde, die besondere Fähigkeit einer Mamissi, also einer Zauberin, Feuer oder Wasser feiern, so feiern die Fahnen der Fans die Kicker des eigenen Vereins.
Die deutsche Nationalmannschaft läuft nicht in Schwarz-Rot-Gold ein, das hängt vielleicht mit der gebrochenen Geschichte Deutschlands zusammen. Die Nationalfahne hat immer noch einen unangenehmen Beigeschmack von Nationalismus mit Nähe zum Nationalsozialismus. Zwar wird immer wieder die Einheit und die Stärke Deutschlands beschworen, vor allem im Fußball, und es wehen schon mal deutsche Fahnen in Stadien, doch da findet sich keine unbekümmerte, spontane, freudige Energie, die dieses Nationalgefühl begleiten könnte. Deutscher Nationalismus kommt im Gegensatz zu französischem, englischem oder italienischem Na-

tionalgefühl immer verkrampft oder trotzig daher. Weiß und Schwarz, die Farben der deutschen Elf, sind natürlich auch nicht gerade Farben, die Fröhlichkeit und Lebensfreude vermitteln, wenn diese beiden Farben auch alle Farben beinhalten, so ist es doch ein sehr heimliches Farbebekennen.
Brasilien hat dieses Problem überhaupt nicht. Die gelb-grüne Fahne mit dem blauen Ball und den Sternen ist so spielerisch wie unbelastet. Die gelb-grünen Trikots der Nationalspieler symbolisieren Lebenslust und Spielfreude. In der Farbensymbolik ist Gelb das Licht und Grün die Harmonie. Wenn das nicht genau die spielerische Leichtigkeit der brasilianischen Mannschaft trifft!
Wer in Weiß spielt, hat aus der Sicht der Farbsymbolik alle Farben, also alle Kräfte zur Verfügung, allerdings ist es wohl schwieriger, mit dem ganzen Potenzial auf einmal umzugehen, was man an chaotischen Spielsituationen der deutschen Nationalspieler in so manchem Spiel beobachten kann.

»Mein Talisman ist eine Krawattennadel mit einem Hackebeil. Ein Geschenk von meiner Frau«, sagt Uli Borowka. Spieler sind »abergläubisch« oder man könnte natürlich auch sagen: glaubensstark. Sie wollen eine bestimmte Zimmernummer, lassen sich einen Bart stehen oder tragen ein kleines Kreuz um den Hals. Für die magischen Hilfsmittel im Fuß-

ball gilt dasselbe wie in der Medizin: Was hilft, hat Recht.
Ein Fetisch ist ein materieller Wohnort für eine göttliche Energie. Diese Energie kann in den Wohnort gerufen werden. Dazu muss der Wohnort allerdings genau die richtige Beschaffenheit haben: Farbe, Form, Attribute – alles muss stimmen. So weit der rituelle Zusammenhang. Wenn in Afrika Kinder Fußball spielen, dann spielen sie auf Sand oder im Dreck, garantiert hat jedoch wenigstens eines der Kinder ein Hemd mit der Fünf hinten drauf oder Beckhams Namen. Oder Diouf. Oder Agahova. In Afrika spielt es dabei weniger eine Rolle, ob es das aktuelle Hemd von diesem Jahr ist. In Deutschland wird ein Kind schon als asozial gebrandmarkt, wenn das Hemd vom Vorjahr ist. Jedes Jahr kommen neue Ausstattungen heraus, denn die Industrie und die Werbung wissen mehr über Kult und Magie, als der Normalbürger ahnen mag. Markentrends, der Kult um die Hemden der Spieler, die Farben des Vereins, Wimpel, ja die Nationalfahne, alles wird vermarktet. Und Familien, die sich keinen Urlaub und kein Auto leisten können, leisten sich doch das jährlich neue Trikot des Vereins und die Eintrittskarten, für Papa und Sohn oder die ganze Familie, ins Stadion. Das verschwitzte Hemd von Beckham oder Ronaldo ist dem Fan, was das Schweißtuch Christi dem Christen ist oder der Grigri dem Animisten.

»Das Wort Fetisch stammt aus dem Portugiesischen, fetico, Machwerk, Zauber.
Dieser Begriff wurde im Mittelalter in Portugal für viele Devotionalia, die wie Amulette getragen wurden, gebraucht. In älteren portugiesischen Reiseberichten, besonders über Afrika, wird Fetisch Ausdruck für alle Gegenstände, die von den Europäern in Beziehung mit so genannten Götzenfiguren gebracht werden konnten. Die Fetische sind meistens Menschen- oder Tierdarstellungen und sie beziehen ihre magische Kraft durch die vom Zauberpriester vermittelten magischen Substanzen …«, schreibt Manfred Lurker im Wörterbuch der Symbolik. Zur Verwendung fügt er an: »Als Träger von Macht können die Fetische im Abwehr-, Schaden- und Analogiezauber verwendet werden. Durch symbolische Nachahmung der bezweckten Resultate sollen diese auch stattfinden.«

An Fetischen ist der Fußball reich, auch bei den aktiven Ausübenden des Kults. Giovanni Trapattoni, legendärer Trainer, pflegt das Spielfeld mit Weihwasser zu benetzen. Norbert Nigbur trug ein Bild vom Papst am Körper, Lothar Sippel einen Pfennig im Schuh. Der Trainer Carlos Bilardo verbot seinen Spielern den Genuss von Hühnerfleisch, angeblich bringe das Unglück.
Die Zauberpriesterin Sahadji erklärte mir, dass Fetische die Macht der mit den Materialien des Wohn-

orts verwandte Energien anlockt und so zum Gelingen der magisch eingefädelten Handlung beiträgt.
Sehen wir uns die Devotionalia im Fußball an, dann wird schnell klar, dass der Fußballkult, der ja von rationalen Männern in der Hauptsache getragen wird, zutiefst magisch ist und im Grenzbereich zwischen materieller und energetischer Ebene wurzelt.
So mächtig sind Kultsymbole, dass einmal in Cardiff vor der WM die gesamte Kleidung der Nationalmannschaft, Hosen, Stutzen, Hemden, Trainingsanzüge, einfach alles aus der Wäscherei gestohlen wurde.
Das Tragen der Schals des eigenen Vereins zum Beispiel soll schon im Zug, am Bahnhof, in der Straßenbahn die Zugehörigkeit und den Anspruch auf Revier vermitteln. Schals, Vereinstrikots, verschiedene Amulette und Talismane eines Vereins, manchmal auch Tiere oder einfach nur Farben werden zu Trägern der Kraft und damit manchmal auch zur Ursache für Auseinandersetzung oder Kampf. »Da hast du ein Freibier«, sagte die Wirtin vom Löwenstüberl in München zu einem Mann, der es wagte, sich mit einem roten Anorak an einen ihrer Tische im Garten zu setzen, »aber komm nie wieder in Rot zu mir.« Die Farben der Löwen sind Weiß-Blau. Die Roten sind die Bayern und die will dort niemand sehen. Dass die neuerdings in Beige spielen, soll wohl Eleganz ausdrücken oder vielleicht Erdnähe?

Die Fans selbst definieren ihr Verhältnis zum eigenen Verein und zum Spiel als kultisch, mit Fetischen gespickt.

»Ohne Schal brauchst ned in d' Südkurv'n kemma«, schnauzte mich einmal ein Fan von Bayern München an, als ich es wagte, mit zwei Freunden undekoriert in der Bayernkurve zu stehen. »Warum?«, wagte ich zu fragen.

»Ohne Fahne bin ich nackt«, sagte ein Schalkefan, als ich ihn fragte, warum er sich die Fahne um die Schultern hängt. Solche Fragen sind schon grenzwertig, denn sie lösen unter Umständen nicht nur eine Erklärung, sondern auch eine aggressive Verteidigung des Kults aus. Das Tragen der Devotionalien geht nämlich auch mit dem Genuss von Alkohol einher (spirit for the spirits). Dabei gibt es aber auch wieder kultische Regeln. Der Spirit für die Geister des Fußballs ist Bier, eher weniger Schnaps und ganz sicher nicht Wein, jedenfalls nicht in Deutschland. Aber auch nicht Milch. In der Mongolei werden die Geister gerufen, indem Milch um die Jurte verspritzt wird und die Geister gerufen und eingeladen werden. Im afrikanischen Fetischkult schüttet man Hochprozentiges (vielleicht aus einer Schnapsfabrik, die Marken fälscht) auf den Boden und in die Luft, um mit den Geistern in Kontakt zu treten. Betrunkene Fans sieht man in Afrika eher weniger, das mag mit den hohen Preisen für Alkohol zu tun haben, aber sicher auch damit, dass die Menschen sich auch

für Fußball, ihre Spieler, die Regeln und die Entscheidungen interessieren, ohne besoffen zu sein.
Während der Fetischkult in traditionellen Stammesgesellschaften eher streng und in allen Einzelheiten geregelt ist und keineswegs sinnloses Ausflippen beinhaltet, ist die Übertragung dieses Kults auf die westliche Zivilisation uferlos. In Afrika genügt ein Fetisch und der hält jahrelang, bis er zerfällt. In Europa braucht es eine wahre Fetisch-Industrie, dazu Werbestrategien, die die Fetische an den Mann und an die Frau bringen.
Kaum ein Verein hat heute keinen Fan-Shop, natürlich heißt er nicht Devotionalienhandlung, doch das wäre die korrekte Beschreibung, denn was es dort zu kaufen gibt, braucht man nicht zum Leben, sondern nur für den Kult, für die reine Magie. Denn der Fan, der Anhänger, die Anhängerin des Kults ist zuständig für die magische Aufladung. Er oder sie muss natürlich die Gesänge und die magischen Worte, aber auch die Farben und Symbole, die Zahlen und Kraftzeichen des Vereins kennen, weitertragen, öffentlich zelebrieren und demonstrieren, indem Fetische, Amulette, Talismane schon vor dem Spiel überall sichtbar die Macht des eigenen Vereins preisen und feiern.
Das Wörterbuch der deutschen Volkskunde beschreibt genau das unter dem Stichwort »Symbol«: »... in den Religionen der Völker wirkt das primitive Bedürfnis, das Unsichtbare, Begriffliche in Wahrzei-

chen anschaubar zu machen, wobei durch die innere Gleichheit auch die Macht des göttlichen oder dämonischen Wesens auf das Symbol übertragen erscheint. Das Symbol ist das Gedachte. Wer Wort oder Zeichen besitzt, hat selber Zauberkraft.«

Jedoch ist es mit dem Symbol allein ja eben nicht getan. Die Insignien des Kults müssen am Körper getragen und zur Schau gestellt, in Autos am Rückspiegel spazieren gefahren werden. Zu diesem Zweck verkaufen die Vereinsvermarkter eben auch kleine Kleiderbügel mit kleinen kompletten Ausstattungen, die den Ruhm des Vereins mehren.
»[Amulette] sollen dem Träger magische Kraft und zwar unmittelbar oder durch Analogiezauber oder magischen Schutz verleihen«, weiß das Wörterbuch der deutschen Volkskunde, das auch amuletum als Brei aus Kraftmehl definiert. Dieser Brei aus Kraftmehl ist heute eher ein Brei aus Sponsoren, denn wenn man sich die Bilder von Mannschaften im Kicker oder in anderen Zeitungen betrachtet, stechen als Erstes die Namen der Bier-, Auto-, Kleidungs-, Versicherungs- und Reise-Firmen ins Auge, die den Verein finanziell unterstützen, um zur besten Sendezeit ihre Werbung abzusichern, auch eine Art Fetischzauber, in dem ein Wort für ein ganzes Firmenprogramm steht, wenn's gut platziert ist. So wurden die Worte »Nichts ist unmöglich« untrennbar verbunden mit einer Autofirma, »Just do it« wird für im-

mer einem Sportausrüster zufallen. Eine alte europäische Form der Magie ist der Analogiezauber, bei dem Gleiches Gleiches bewirken soll. Gerufen wird schlauerweise, was kommen soll, und nicht wie im ganz banalen Alltag so üblich, was sich auf keinen Fall materialisieren darf. Deshalb tragen die AnhängerInnen Symbole, Farben und Zeichen der Stärke und nicht etwa Darstellungen von Niederlagen, um sie etwa abzuwehren. Obwohl Fußballfans meistens keine Ahnung von Magie in Stammestraditionen haben, verhalten sie sich intuitiv traditionskonform, beachten die Regeln, rufen die Macht mit ihren Devotionalien und bleiben damit in der Tradition aller Fetischkulte: Der Geist wird in den Wohnort eingeladen, damit er dort das Ziel erfüllen möge.

Ganz unbekannt ist der Zusammenhang zwischen Magie, Fetischen, Zauberei und Fußball natürlich nicht. Im Jahr 2000 gab es im Gasometer Oberhausen eine Ausstellung »Magische Gegenstände des Fußballkults« zu sehen, in der neben Vereinstalismanen und Fankult-Gegenständen auch Dinge zu sehen waren, die durch Berührung von Fußballgöttern magisch geworden waren, wie z. B. ein Ball, den Beckenbauer in der Hand gehalten hatte – das wird nur noch vom Verkauf des Papst-Autos bei ebay übertroffen.

DIE BEDEUTUNG DER FARBEN AUF EINEN BLICK

Farben geben dem Körper Signale, können sogar körperliche Reaktionen auslösen. In der Magie haben sie deshalb überragende Bedeutung:

ROT steht für Lebenskraft, Stärke, Energie, für Blut und die ursprüngliche Energie aller Lebewesen. In den vermutlich dreißigtausend Jahre alten Felszeichnungen der Höhlen Spaniens und Südfrankreichs, wie Altamira oder Les Ezyes, spielt roter Ocker eine wesentliche Rolle als Farbe des Lebens. Und auch die Felszeichnungen der Sahara oder Australiens sind mit rotem Ocker oder Blut vermischt mit Gummi Arabicum aufgetragen. Rot war allen Urvölkern die Farbe der größten Kraft. Um Rot zu verarbeiten, müssen die Augen arbeiten, während sie andere Farben einfach einfließen lassen können. So kann Rot auch als aggressive Farbe empfunden werden.

GELB steht in der buddhistischen und vorbuddhistischen Tradition der Bön in Tibet für Licht und Erhellung des Geistes. Auch die Hindu sehen in Gelb eine Farbe der Sonne, des Lichts und der Erleuchtung, in indianischen Traditionen Nordamerikas ist Gelb die Farbe der Nahrung, der Erde.

GRÜN ist die Farbe, die von Menschen allgemein als angenehm und wohltuend empfunden wird. Im Grün ruht sich das Auge aus, Harmonie entsteht und so wird Grün oft als Heilfarbe eingesetzt. Wir gehen »ins Grüne«, wenn wir uns erholen wollen.

BLAU nimmt den Geist mit auf die Reise. Mit Blau entsteht Raum, Weite, Flüchtigkeit. Blau kühlt und wird sogar zum Desinfizieren und Haltbarmachen von Nahrung verwendet. Blaues Licht kann Schnupfen und allergische Reaktionen günstig beeinflussen, lässt Schleimhäute abschwellen. Aus diesem Grund sind Bordelle eben nicht blau, sondern rot eingefärbt.

WEISS ist die Summe aller Farben, enthält alle Farbschwingungen, gilt in Afrika und Asien als Totenfarbe, auch als Farbe der Geister. In der euro-amerikanischen Kultur als Farbe von Weisheit und Erleuchtung. Weiß wurde auch schon als Folter eingesetzt, ein vollkommen weißer Raum, der keine Schattierungen, keine anderen Farben enthält, springt den Geist an und erzeugt sogar Tonphänomene. Ein völlig weißer Ausstellungsraum in der Form eines engen Kubus in der Tate Galerie in London ließ BesucherInnen entsetzt flüchten.

SCHWARZ enthält ebenfalls alle Farben, schluckt sie, wirkt magnetisch, saugt Farben, Impulse, Energie auf. Als Farbe der Macht wird Schwarz oft betitelt, weil die Faschisten schwarze Uniformen trugen, »Schwarzhemden«. Auch der Klerus bedient sich dieser Farbe, alte Frauen in Südeuropa kleiden sich oft schwarz und im euro-amerikanischen Kulturbereich ist Schwarz die Farbe der

Trauer. Schwarz ist der Zustand des Universums und aus dem Schwarz kommen wir. Ins Schwarz gehen wir. Schwarze Löcher ziehen alle Materie an und saugen sie auf.

VIOLETT ist die Farbe der Harmonie zwischen aktiver und passiver Energie, die Farbe der schwul-lesbischen Bewegung. Wohl deshalb kommt diese Farbe im Fußball eher selten vor, wenn überhaupt. Allerdings ist Violett die vollkommene Heilfarbe fürs Gehirn. Violett beruhigt die Ströme im Hirn und gleicht sie aus, lässt sie harmonisch schwingen. Vielleicht deshalb benutzt die Kirche violett als Farbe für die höchsten Feiertage.

Im Fußball ist vor allem interessant, wie die Vereine ihre Farben kombinieren und wie die Nationalteams eingefärbt sind. Da hat Brasilien einfach einen echten Vorteil mit der Heilfarbe Grün und Gelb als lichte, erfreuliche Strömung dazu, während das Schwarz-Weiß der deutschen Nationalmannschaft ein bisschen fantasielos und rätselhaft daherkommt.

Magische Worte und Gesänge

»Ein' Rudi Völler, es gibt nur ein' Rudi Völler.«

Deutsches »Volkslied«

Beim Fußball besingen die Fans die Macht der Zauberer, feuern sie an, unterstützen sie mit magischen Worten. Zum Beispiel beim Confederations-Cup-Halbfinale 2005: Da hörte man aus dem Publikum »Uuuu«-Rufe. Dem Fußballunkundigen konnte es auch wie »Buh« klingen. Tatsächlich aber wurde die Kraft des Neulings Huth beschworen, der die Fans zu Begeisterungsstürmen hinriss.

»Foul!«, klingt es aus dem Publikum wie faul. Als Kind dachte ich: »Den Leuten sind die Spieler zu faul. Aber die laufen doch?« Ein Wort, von vierzigtausend Menschen gerufen, kann Gänsehaut hervorrufen. Darum geht es in der Magie – die Macht eines Wortes zu zelebrieren, bis sich die Realität einstellt.

In magischen Kulten kann nicht einfach jeder mit jedem reden. Ein Feticheur, also ein Zauberer, ein Medizinmann in Afrika darf nicht so einfach angesprochen werden, er hat einen Übersetzer, falls überhaupt mal was zu ihm gesagt werden soll. Aber eigentlich spricht er und hört nicht etwa zu. Indische und tibetische Gurus und Lamas werden auch nicht einfach angesprochen. Sie geben *darshans* und *lectures*, sie halten Hof und zelebrieren Rituale. Die Beteiligten sehen zu ihnen auf und halten den Mund – ähnlich der Situation zwischen Schiedsrichter und Spieler. Wenn der Schiedsrichter pfeift und spricht, tun die Spieler gut daran, verbale Ausbrüche zu zähmen. Jedes Wort erhöht die Wahrscheinlichkeit, dass der Schiedsrichter zum Beenden der Situation eine Karte zieht, was den Dialog endgültig abbricht. Fußball arbeitet mit Worten der Macht, mit Symbolen, mit rituellen Mustern. Der Schiedsrichter als »Unparteiischer«, als entscheidende Spielautorität, darf auch vor dem Spiel nicht angesprochen werden. Beim African Cup of Nations traf ich im Foyer des Hotels, in dem die Pressekonferenz abgehalten wurde, ein Grüppchen Schiedsrichter, bereits in vollem Ornat eingekleidet. »Würden Sie mir ein Interview geben«, fragte ich, die Worte der Macht meiner Zunft ausprobierend. Sie drehten sich von mir weg. Schweigen. Ein FIFA-Boss aus Botswana lachte: »Sprechen Sie niemals einen Schiedsrichter vor dem Spiel an«, sagte er zu mir. »Die dürfen nämlich gar nichts sagen. Sie könnten ja beeinflusst werden.« So ist denn auch das Wort, das der Schiedsrichter dann wirklich ausspricht, Gesetz. Notiert er sich gar ein Wort auf sein Blöckchen, wie Inspektor Columbo, zieht Gänsehaut auf. Selbstverständlich sind Worte der Beleidigung und Kraftausdrücke die letzten Worte eines Spielers auf dem Spielfeld, denn die Ethik des Kults verlangt respektvollen Umgang und das hat sicher mit der archaischen Kraft des Spiels zu tun. Wären die Umgangsformen nicht einigermaßen geregelt, käme es wohl zu Mord und Totschlag. Die bleiben denn auch meist auf der Seite der Fans, denen oft nur die Polizei etwas zu sagen hat. Allerdings gibt es auf Seiten der Fans auch hier sprachliche Regelungen. Während es im Kindergarten reicht, zu sagen: »Deine Mutter ist doof«, um das Kind zum Ausflippen zu bringen, fährt man in den Fankurven schwere Geschütze auf. Das Wort »schwul« zum Beispiel sollte man nicht im Zusammenhang mit einem Spieler verwenden, wenn man noch heil aus dem Stadion gelangen will. Homosexualität ist ein noch größeres Tabu als Drogen und Doping. Zwar fallen sich die Spieler nach einem Tor oft derart an, dass Frauen natürlich sofort ausrufen: Die haben wohl was miteinander! Doch wortreich wird die flüchtig eingeworfene, gar nicht so bedeutende Bemerkung von Männern bestritten, widerlegt und überhaupt, ihr blöden Frauen, könnt ihr eigentlich nur an Sex denken!

Die Namen der Spieler werden liebevoll verkürzt, verziert und in Lockrufen über den Platz geworfen: Katsche (Schwarzenbeck), Radi (Radenkovic), Schweini (Schweinsteiger), Bumm (Gerd Müller), Latte

(Uwe Seeler), Becks (David Beckham). Auch Spielanweisungen fließen aus dem vierzigtausendköpfigen Expertenteam ein: Aufhören! Außen! Pass! Usw. Die einzelnen Vereine haben Vereinslieder, die virtuos und kompliziert mit verteilten Rollen oft gesungen werden. Was den europäischen Mannschaften das Lied, ist den afrikanischen Teams das ganze Orchester. Zwar bedauert Bartholomäus Grill in seinem Artikel für die »ZEIT«, dass afrikanische Spiele oft so langweilig sind, aber bei wichtigen Spielen kommt keine Ruhe auf. Ein ganzes Orchester z. B. mit Trommeln (Nigeria), Xylophonen (Burkina Faso), Mbalaxtrommeln, Trompeten (Senegal) und Chöre (Ghana) begleiten das gesamte Spiel. In der Pause spielt die Musik weiter und die Fans tanzen dazu, singen aufmunternde, beschwörende Lieder, klatschen in die Hände und feuern ihre Mannschaften an.

Die Spieler selbst sind weniger ausdrucksstark, sieht man einmal von Günter Netzer ab, der auch als existenzialistischer Schriftsteller etwas Geld hätte verdienen können, oder von Kaiser Franz (Beckenbauer), der eine eigene Sprache entwickelte, um die Anforderungen der Reporter an ihn zu befriedigen. »Die Schweden sind keine Holländer, das hat man ganz genau gesehen. Es gibt nur eine Möglichkeit: Sieg, Unentschieden oder Niederlage. Am Spielstand wird sind nicht mehr viel ändern, es sei denn, es schießt einer ein Tor. Ich sehe nach wie vor große Möglichkeiten, das Achtelfinale nicht zu erreichen.« (Zusammenfassung aus »Go«, Stadtzeitung für München im Juli 2005) Schöner hätte das Orakel von Delphi auch nicht formulieren können. Bei Zauberern kommt es nicht so sehr auf das offensichtlich Sinnvolle der Worte an, sondern auf das Ausfüllen der Zeit mit Beschwörung oder Anrufung, mit Abwehrzauber oder Lockrufen. Nicht dem Zuschauer sollen die Worte Sinn machen, sondern den Geistern. Der Zauberer soll durch das Murmeln oder Sprechen, durch das Singen oder Rufen der Worte in einen Trancezustand geraten, der den angestrebten Zustand möglich macht. Und wenn Franz Beckenbauer sagt: »Ich habe in einem Jahr fünfzehn Monate durchgespielt«, beweist das nur, dass er sich wie ein wahrer Zauberer außerhalb von Zeit und Raum bewegt. Die Maße der Menschen sind etwas fürs Publikum!

Die Aussagen von Fußballern zu ihren fantastischen Leistungen, zu Toren oder zu verpassten Torchancen sind meistens unbefriedigend. Kann ein Blitz erklären, warum er einschlägt? Mit seligem Lächeln mag da ein Spieler stammeln: Es hat alles gepasst, der Ball kam, ich hab ihn gut erwischt. Was könnte man auch dazu sagen?

»Ich nahm den Ball direkt aus der Luft und ließ dem Torwart keine Abwehrmöglichkeit«, schwärmt Gerhard Zembowski.

»Ich an den Ball, nahm ihn mit der Stirn mit und stieß ihn mit voller Wucht in die Maschen. Ich selbst flog hinterher in das Tornetz«, erzählt Gerd Müller und man sieht ihn stoßen und fliegen. Wahre Magie.

»Dann nahm ich mir ein Herz und suchte auf eigene Faust die Entscheidung«, sagt Alfred Glenski und erwähnt dabei gleich drei magische Essenzen: das Herz, das in jeder magischen Handlung eine wichtige Rolle spielt, weil es das Spirituelle mit dem Körperlichen verbindet, die Faust, in der die Kraft gehalten, aus der sie geschleudert wird, und die Entscheidung, ohne die Zauberer keine magische Handlung durchführen können. Denn im Ritual wird Wirklichkeit gestaltet und die Entscheidung wendet den rituellen Fluss von der Absicht zur Verwirklichung.

Im Magischen ist es durchaus wichtig, dass die Handlung durch Worte abgerundet wird, und es spielt keine Rolle, wie unbedeutend die Worte klingen mögen. Zustandsbeschreibungen beschwören die Kraft der Kontinuität wie in dem Gesang vom Bökelberg:

»Zwei Tore ham wir geschossen,
zwei ham wir reingekriegt,
ein' Punkt ham wir gerettet,
verloren ham wir nicht.«

Nach dem Spiel wird von allen Beteiligten verbal geholzt, was das Zeug hält:

»Heute hat mir das Glück gefehlt und dann kam auch noch Pech dazu«, Jürgen Wegmann 1988.

»Die Breite an der Spitze ist dichter geworden«, Hermann Neuberger, Fußball-Präsident 1990.
»Ja gut, die Breite an der Spitze ist sicherlich dichter geworden«, Berti Vogts, Bundestrainer 2000.
»Die Spitze soll stechen, eine breite Spitze kann nur schaben«, Udo Lattek, Trainer.
Die Symbole (Breite, Spitze, Glück, Pech) werden mit Eigenschaften ummantelt und in Wirklichkeit haben solche Aussagen die Qualität einer Beschwörung: Der gewünschte Zustand soll verbal gefestigt werden.
In die spirituelle Tiefe ging dabei einmal ganz ungeniert Andreas Möller (1991): »Vom Feeling her hatte ich ein gutes Gefühl.«
»Keiner wird es wagen, den VfL zu schlagen«, singen die Bochumer, und die Offenbacher reimen: »Offenbach wird Meister, Bochum wird nur Zweiter. Mit Schalke wird's schon knapp und Frankfurt steigt nun ab.«

Reime sind in der Magie die Brücke zum Nicht-Materiellen, reimend gleiten wir in die Ebenen der Energie, Geister lieben Reime. Deshalb soll gereimt werden, was sich erfüllen soll: Schatzhauser im finstren Tannenwald, bis über tausend Jahre alt ...
Die Fans reimen und singen, als gelte es, die alten magischen Formeln zu erfüllen.
Ein schönes Beispiel für die Magie der Worte und Gesänge ist auch der Sängerwettkampf der Lokal-

matadoren Bayern und Sechzig. »Bin i Radi, bin i König, alles andre schert mich wenig«, sang Petar Radenkovic, der Löwen-Torwart. Die Fans der Bayern bogen den Gesang um: »Bin i Radi, bin i Depp, König ist der Maier Sepp.«
Wer kennt nicht die hohe Stimme, die den Deutschen Würde, Ehre und Stolz in den Fünfzigerjahren zurückgab. Viermal schrie sie in Bern »Tor, Tor, Tor, Tor!«, und riss ganz Deutschland aus der Nachkriegsapathie. Dann dreimal »Aus, aus, aus«. Haben Worte im Fußball jemals mehr Macht und Wirkung gezeigt?
Im Analogiezauber spielen Worte eine große Rolle. Gleiches wird mit Gleichem gerufen und die beschwörenden Worte sollen sicherstellen, dass sich auch der beschriebene Zustand einstellt. »Brand fahr aus wie der Wind, dass dich niemand findt«, heißt zum Beispiel so ein alter Abwehrzauberspruch gegen das Feuer. Nicht unähnlich ist der Gesang des 1. FC Kaiserslautern gegen die Frankfurter Eintracht:

»Wenn das Eintrachtblut
auf die Weste spritzt,
dann ist alles wieder gut,
dann ist alles wieder gut.«

Reiner Analogiezauber ist auch der Gesang der Frankfurter Eintracht, bei dem ein ganzes Programm durchgegeben wird:

»Auweh, auweh, auwau,
wir machen heut 'ne Schau,
wir schlagen heute Schalke
und auch den HSV.«

Allerdings hätte ich da einen Verbesserungsvorschlag, was das Magische betrifft. Wenn ein Beschwörungszauber mit »Auweh« beginnt, raubt das den folgenden Worten die Kraft. Denn damit wird eigentlich impliziert, dass es nicht gelingen wird, dass Schmerzen auf den Sänger warten. Nicht nur in der Magie, auch in den Beschwörungen des Fußballspiels sollten die Worte wohl überlegt werden.

Denn wenn auch der Reim bei den angerufenen Geistern gut ankommt – stimmen die gereimten Worte nicht mit dem Ergebnis überein, das gerufen werden soll, und dann kann man sich auch den Reim sparen.

Andererseits braucht es nicht das genialste Lied aller Zeiten, um dem magischen Kult zu huldigen. So intonieren Juve-Fans schlicht:

»Oe, oe, oe, oe,
Juve Juve.«

Der Magie tut's keinen Abbruch!

Bei manchen Fußballliedern hat man den Eindruck, es gehe in den heiligen Krieg.

»Wir stehen fester, Mann für Mann,
und sind nicht kleinzukriegen,
Kameradschaft hält uns fest im Bann,
wir kämpfen, um zu siegen.«

Aus einem beliebten Fußballliederbuch, abgedruckt in »Anstoß«

Dieser Liedvers ist aus magischer Sicht hochinteressant. Die Kameradschaft hält uns fest im Bann, das heißt ja, weil wir verbündet sind, sind wir gebannt, unfähig. Wer gebannt ist, kann sich die letzte Zeile sparen, denn der kann nicht kämpfen und schon gar nicht siegen, zumal er ja ohnehin mit allen anderen Männern fester und fester Mann für Mann steht. Da ist keine Bewegung drin. Ein schönes Lied für den deutschen Fußball. Da kann man nur hoffen, dass das bei Entscheidungsspielen keiner singt.

Einschüchterung durch magische Sprüche, durch Verbalfouls, ist im Fußball besonders verbreitet. Die Fans und der Schiedsrichter bekommen es nicht mit, wenn ein Spieler einem anderen, den er gerade gefoult hat, die Hand reicht und dazu sagt: »Reicht dir das oder willst du noch mehr?« Worte der Macht können die Muskelkraft und Reaktionsfähigkeit, Hirn und Willen völlig ausschalten – das ist übrigens eine Erkenntnis eines der ältesten bekannten Brettspiele, des »Go«. Wenn du den Gegner mit Worten lähmen kannst, hast du das Spiel praktisch schon gewonnen. Das richtige Wort zur richtigen Zeit entscheidet über die Macht. Rudi Völler sagte in einem

Interview mit Waldi Hartmann völlig zu Recht, dass von der Presse »Scheißdreck« geredet wird – das falsche Wort im falschen Moment und damit der Anfang von Völlers Ende. »Sicherlich«, würde Beckenbauer jetzt sagen.

Während das Wort »Tor« nur fallen kann, wenn auch ein solches gefallen ist, kann »Foul« oder »Aus« durchaus eingesetzt werden, ohne dass eine passende Realität dafür vorhanden ist. »Meine Gegner schreiben mir immer noch Karten – aus dem Krankenhaus«, versuchte ein Spieler seinen Gegner einzuschüchtern. Wenn man bedenkt, dass der Körper das Kapital des Spielers ist, können diese Worte durchaus magische Wirkung haben.

Ob das Lied, das sich die Borussen für die Kölner ausgedacht haben, eine ähnlich vernichtende Wirkung hat, darf allerdings bezweifelt werden:

Ihr seid Kölner, asoziale Kölner, ihr schlaft
unter Brücken
oder in der Bahnhofsmission

Nach dem Lied von Bonnie Tyler »It's a heartache«.

Reinhard Kopiez und Guido Brink stellen in ihrem Buch »Fußballfangesänge« fest, dass die Fußballbegeisterten ihre Gesänge oft von anderen kultischen Anlässen wie Weihnachten, Martinszügen, Umzügen usw. entlehnen und neue Worte erfinden, die dem Fußballanlass Zunder geben. Dass es zu diesem

Buch eine CD gibt, hat mich ins Grübeln gebracht. Gibt es Menschen, die sich diese CD anhören? Die Lieder lernen?

»Gesänge ohne Text, lediglich auf wiederholten Silben bilden einen wichtigen Bestandteil des Fangesangrepertoires«, heißt es in »Fußballfangesänge«. Hier wird eine ganz alte magische Tradition wiederbelebt, zum Beispiel ist die Silbe ba der Lockruf für Baba Yaga »bababa« oder »babibaba«. In den Gesängen der amerikanischen UreinwohnerInnen spielt »He-ja« eine große Rolle, im Alpenland »Dje-ho« als kultischer Ruf. Diese erklingen auch im Stadion, um die Kraft der Spieler zu stärken.

Kopiez/Brink kommen zu dem Schluss: »Gehen den Fans die Textideen aus? Natürlich nicht. Der Hintergrund dieses textlosen Singens ist ein anderer, im Kern volkstümlicher oder gar tiefreligiöser.«

Eher eine Austreibung magischer Art ist der Schmähgesang:

»Wir singen Gladbach, Gladbach, zweite Liga,
oh, ist das schön, euch nie mehr zu sehn.«

Die Magie der Zahlen

»Der Elfmeter ist eine
schöne Sache, wenn er reingeht.«
Harald Hordych

Es war eine Zahl, die Carmen Thomas um einen schönen Job brachte. Statt Schalke 04 sagte sie Schalke 05, und das war's. Nicht dass es die Fußballfans interessiert, wann genau der Verein gegründet wurde. Es geht um die Magie eines Zahlenbegriffs, die gebrochen wird, wenn die Zahl falsch ist.

Die ersten Trikotnummern gab es 1933 beim Spiel FC Everton gegen Manchester City, danach wurden, laut Christian Eichler, die Trikotnummern der beiden Teams von 1 bis 11 durchnummeriert, wobei 1 immer der Torwart war. Die Holländer brachen aus der alten Zahlenreihe aus und nummerierten die Spieler nach Alphabet durch. In der deutschen Mannschaft müssen die neuen Spieler mit hohen Nummern antreten, weil die alten Spieler ihre damals nach Positionen vergebenen Nummern behalten. Wohl als Maradona in einer Ausnahmeregelung die 10 bekam, obwohl die einem Spieler mit dem

Anfangsbuchstaben K oder L zugestanden hätte, begann die Magie der 10, die bis heute anhält.

Möglicherweise hat Jürgen Klinsmann bei der Fußball-WM 1990 die Magie des Trikots und die der Zahlen im Fußballkult gefestigt. Er hat nämlich als aktiver Spieler in der Nationalmannschaft auf hohe Einnahmen verzichtet und dafür eine Beteiligung am Erlös seines Trikots Nummer 18 verlangt. Dadurch wurde zum ersten Mal die Zahl eines Trikots auf einen Spieler festgelegt. Daraus entstand der Kult um die festen Nummern.

»Eins und elf will doch kein Mensch«, sagt der Fußball-Forscher Jimi Vogler, der mir auch seine Bibliothek zur Verfügung stellte. Die 11, der Linksaußen, geriet im modernen Fußball ein wenig ins Abseits, wenn auch die Holländer die Tradition stets pflegten. Auch der Rechtsaußen, die 7, hat keinen großen Kultstatus, das beschreibt schon die Zahlenmagie: Die 7 führt ins Labyrinth, da muss ein Rätsel gelöst werden. Allerdings ist die 7 auch die Glückszahl.

Die 5 ist Kult, das ist klar. Die 5, die Nummer von Franz Beckenbauer, ist der Libero, der freie Spieler, der Stürmer, der Held, die Libido, wie es eine Freundin ausdrückt. Im deutschen Fußball war die 5 ursprünglich ein Mittelläufer, der zur Verstärkung der Defensive herangezogen wurde. In Italien war der Libero schon immer gleichbedeutend mit dem Ausputzer, der entstehende Löcher in der Abwehr abdecken sollte.

In der Magie der Zahlen ist die 5 die Quintessenz. Sie ist mehr als die 4, die die Ordnung in der Welt herstellt, die menschliche Ordnung versteht sich. Mit der 4 versuchen Menschen die Unendlichkeit von Zeit und Raum, die Bedrohlichkeit des dunklen Universums in eine fassbare, ja gemütliche Struktur zu fassen. Vier Himmelsrichtungen, vier Elemente, vier Jahreszeiten. Da kennt man sich aus. Sie sind eher die harten Arbeiter, sie ordnen das Spiel und sorgen für Struktur. »Kein Mensch, kein Tier, die Nummer 4«, heißt das im Sprachduktus der Fans und beschreibt den so genannten Vorstopper. Im modernen Fußball spielt die 4 eine besondere Rolle in der Viererkette der Abwehr, die allerdings nur in Deutschland aus zwei Außen- und zwei Innenverteidigern besteht. In Brasilien und Frankreich wird diese Abwehr sehr viel flexibler in einer Mischung aus Stürmer und Verteidiger angelegt.
Die 5 ist dagegen mehr als die menschliche Ordnung und das Greifbare und Sichtbare, denn die 5 verkörpert das, was mehr ist, als unsere Sinne erfassen, das, was über die Materie hinausgeht. Die 5 ist der Esprit, die Eleganz, die magische Ausstrahlung über das Sichtbare und Messbare hinaus.
Besonders interessant ist die 3-5-2-Abwehrstrategie, betrachtet man das magische Potenzial des Spiels. Denn die 3 beschreibt in der Magie die Einweihung, die Initiation in den Kult – was dreimal gesagt wird, dreimal wiederholt wird, bringt den Durchbruch –

die 5 führt, wie schon beschrieben, zur Quintessenz und die 2 bringt Ausgleich, Gegensatz, Erneuerung. Die aktuelle 4-4-2-Aufstellung der deutschen Mannschaft zeigt, dass Klinsmann mehr Struktur und Festigkeit ins Spiel bringt. In der Magie der Zahlen verliert so mancher den Boden unter den Füßen, zum Beispiel Fritz Walter der Jüngere: »Ich finde, der Klinsmann und ich – wir sind ein gutes Trio!« Und Trainer Fritz Langner (1966): »Ihr Fünf spielt jetzt vier gegen drei.«

In der klassischen Magie der Zahlen wird von 1 bis 9 gedeutet, dann werden die Ziffern der nächsten Zahl wieder zusammengerechnet: Die Quersumme ergibt die Ziffer, um die es geht. So wird die 10 zur 1 – allerdings nicht im Fußball. Die 10 ist pure Magie. Das italienische Fernsehen widmete dem Trikot Nummer 10 einen ganzen Filmbeitrag (»La Magia della Maglia 10«). Berühmte Träger des magischen Trikots waren Michel Platini zum Beispiel, der Ballzauberer par excellence mit den weiten, unhaltbaren Schüssen, Zinedine Zidane, der algerischstämmige groß gewachsene Franzose, der die meisten Spieler um sich herum wie unbeholfene Dorf-Balltreter aussehen lässt. Für die Nationalmannschaft schlüpfte auch Pelé ins Trikot Nummer 10. Schon der ungarische Superstar Ferenc Puskas trug die 10 und zauberte in ihr Spielkompositionen, die ihm keiner nachmachte. Die Nummer 10 der Brasilianer ist der derzeit brillanteste Fußballspieler überhaupt, Ronaldinho. Was die Brasilianer auszeichnet, ist ihre Spielfreudigkeit, ihre Lust am Kult, ihr Gemeinschaftsgefühl und Ronaldinho ist ein wahrer Spielführer. Johan Cruyff stieg von der Nummer 14 – Kunst, Transformation – ins Nationaltrikot 10 und wurde zur legendären Lichtgestalt des holländischen Fußballs. »Il profeta del Gol« nannten ihn die italienischen Sportreporter, der Prophet des Tors, weil er mit unnachahmlicher Eleganz und zielsicherer Genauigkeit auch aus unwahrscheinlichen Positionen heraus Tore schießen konnte.

Die 10 ist der so genannte Halbstürmer, der Spielmacher, der sich hauptsächlich im Mittelfeld aufhält und von den Spielern oft angespielt werden soll. Wie im erwähnten italienischen Filmbeitrag beschrieben, ist das Hemd mit der Nummer 10 jedoch vor allem eins: magische Haut. Ein Spieler schlüpft in das Zauberhemd und ihm erwachsen ungeahnte Kräfte, er bringt eigentlich Unmögliches fertig und wächst in das magische Gewebe der 10 hinein, das ihn trägt. Roberto Baggio, italienischer Fußballstar der Achtzigerjahre, erzählt, dass er »unter Diego Maradonas Augen« ins Trikot 10 schlüpfte und Diegos magische Kraft auf ihn übersprang. Die 10 des Teams ist oft schwach und labil, meint Claudio Gentile, ein italienischer Trainer, aber charismatisch und von unglaublicher persönlicher Eingebung. Die 10 muss gleichzeitig angreifen, das Spiel konstruieren und abwehren, meint er – also zaubern!

Im Fußball bleibt die 10 wohl untrennbar mit Diego Maradona verbunden, auch wenn sein Trikot vom SSC Napoli wieder vergeben werden muss, weil die FIFA ablehnt, dass die 10 für immer bei Dieguito bleibt. Diego wird in Neapel D-10-GO geschrieben. Die 10, die 1 war von Anfang an Maradonas Schicksal, denn kaum fing er 1969 in der argentinischen Jugendmannschaft zu spielen an, blieb sein Team 136 Spiele lang ungeschlagen. Quersumme 10. Und schließlich bewährte sich auch bei Maradona das magische Errechnen der Quersumme: Aus seiner Trikotnummer 10 wurde er zur Nummer 1 des Fußballs. Wenn sich die Positionen im modernen Fußball auch ändern werden, die Aura der 10 und die Regie der 10 wird bleiben, meint Trainer Gentile.
Auch die 18 – Quersumme 9 – von Klinsmann wiederholt sich auf kuriose Weise in seiner Geschichte als aktiver Fußballspieler. Er spielte in der Nationalmannschaft 108 Länderspiele, Quersumme 9. In der Bundesliga schoss er insgesamt 108 Tore, Quersumme 9. Die 108 hat allerdings noch eine ganz andere Bedeutung. Im Buddhismus ist sie die heilige Zahl. Wer 108-mal um den heiligen Berg Kailash pilgert, wirft alle Reinkarnationslasten ab und muss sich fortan nicht mehr auf der Welt in immer neuen Reinkarnationen plagen. 108 Perlen sind auf der Gebetsschnur der Buddhisten. Nach 108 Länderspielen und 108 Bundesligatoren muss Klinsmann sich also nicht noch einmal in einer an-

deren Mannschaft reinkarnieren. Er wird sozusagen zum Bodhisattva, zu einem, der freiwillig noch einmal in die Belange der Menschen einsinkt, obwohl er seine eigenen Knoten schon gelöst hat. Tatsächlich bringt Klinsmann auch die Gelassenheit und die Heiterkeit in die Nationalmannschaft, die einen echten Bodhisattva auszeichnen. Die Quersumme 9 aus 108 steht für Weisheit, Fülle, aber auch meditativen Rückzug in die eigene Kraft.

Das brasilianische Urgestein des Fußballs, Pelé, den die FIFA zum »Weltfußballer des Jahrhunderts« kürte, hat dagegen eine magische Beziehung zur 3. Er begann seine Fußballkarriere 1956 in Santos. Die Quersumme des Jahres ergibt die 3. Als einziger Spieler wurde er mit seiner Mannschaft 3-mal Weltmeister. Geboren wurde er übrigens in Très Corazones (Drei Herzen).

Die 1 auf dem Spielfeld trägt, wie schon erwähnt, immer der Tormann. Diese Zahl steht für das ganze Potenzial, für Ursprung, für Chaos. Mit der 1 ist alles möglich, tatsächlich darf der Tormann im Gegensatz zu allen anderen Spielern, die den Ball mit jedem Körperteil außer mit den Händen berühren dürfen, auch die Hände einsetzen – sieht man von Maradona ab, der, wie schon erwähnt, 1986 mit der argentinischen Nationalmannschaft und seinem regelwidrigen handgespielten Tor den Weltmeistertitel holte. Später erklärte Maradona, dass die Hand Gottes das Tor erzielt habe, weil der Schiedsrichter es nicht gesehen hatte. Allerdings gewann er mit seinem zweiten WM-Tor die Herzen aller Zuschauer, denn wer ihn über das Spielfeld dribbeln und die gesamte englische Abwehr ausspielen sah, weiß, dass es so ein Tor nie wieder geben wird, weshalb es von der FIFA auch zum »Tor des Jahrhunderts« gekürt wurde. Dieser Maradona, mit der Nummer 10 auf dem Trikot, Quersumme 1, repräsentiert so die vollkommene Freiheit, Gestaltungsfähigkeit und das gesamte Potenzial, das die 1 verkörpert.

Der englische West-Ham-United-Kapitän Bobby Moore trug das Trikot Nummer 6, als er die englische Mannschaft 66 bei der Weltmeisterschaft zum Sieg gegen Deutschland führte. Die 6 steht in der Zahlensymbolik für die Entscheidung. Er starb mit 51 Jahren an Krebs – Quersumme 6.

Paul Gascoigne, das britische »Fußballgenie«, seine Fanseite heißt deshalb auch »gazzamania«, trug das Trikot mit der Nummer 8. Die 8 symbolisiert Macht, Autorität, Durchsetzungsvermögen und unendliche Energie. Er schoss im Laufe seiner aktiven Zeit 111 Tore – 111 ist natürlich an sich schon eine besondere Zahl, in der Quersumme ergibt sich die 3 und sie ist in der Zahlensymbolik der Durchtritt in eine andere Ebene, die magische Initiation. So landet »Gazza« mit seinen 111 Toren in der »hall of fame« berühmter Fußballer.

Eine überragende Rolle spielt im Fußball natürlich die 11. Zwar reißt sich niemand um das Trikot mit

dieser Nummer, trotzdem ist die 11 die magische Zahl des Fußballkults: »11 Freunde sollt ihr sein«, sagte Fritz Walter und die Fans lachen, wenn man sie bittet, etwas zu diesem Spruch zu sagen. »11 Großverdiener und jeder spielt für sich allein«, sagt ein Bayern-Fan bitter. Warum 11 Spieler? Es ist mir trotz intensiver Suche in der Literatur und im Internet, bei Vereinen und Fans nicht gelungen, diese Spielerzahl zu erklären. Da die ersten Regeln des heutigen Fußballs in England geprägt wurden, läge es näher, dass sich 12 Spieler pro Mannschaft durchgesetzt hätten, denn in der englischen Währung zum Beispiel gab es 12 Pence auf einen Shilling und 12 Shilling auf ein Pfund. Bleibt eigentlich nur die Vermutung, dass die der Kabbala heilige Zahl 11, die Zahl des Ursprungs, der spirituellen Macht, auf den Fußball übertragen wurde. Denn ebenso rätselhaft ist doch der Elfmeter. Warum 11, warum nicht 10 oder 12? Elf ist eine Primzahl, genau wie die andere mythische Zahl im Fußball, die 23.
Primzahlen gelten in der Magie als nicht berechenbare, nicht bezähmbare Potenzen und die 23 ist überhaupt die magischste Zahl, sieht man von der 42 ab, die im Fußball kaum eine Rolle spielt, aber, laut Douglas Adam's »Per Anhalter durch die Galaxis«, die Antwort auf alle Fragen ist. Es gibt jedoch eine Ausnahme: Ronaldinho schoss in der 42. Spielminute im Halbfinale Brasilien gegen Deutschland im Confederations Cup 2005 das Elfmetertor, das

die Antwort auf alle offenen Fragen war und alles entschied. 42. Unvergesslich.
Um die 13 auf dem Trikot hat sich noch kein Spieler extra bemüht. Gerd Müller war nicht abergläubisch oder sagen wir, er verwandelte die im Patriarchat unheilvolle Zahl in die alte matriarchale Glücksformel und trug unverdrossen die 13 in Spielen der deutschen Nationalmannschaft, eigentlich, weil Uwe Seeler auf der 9 bestand. Er spielte so lang mit der Nummer 13, bis er mit seinem 14. Tor Deutschland 1974 zum Weltmeister machte. Die 14, die in der Zahlensymbolik die Verwandlung, das richtige Maß, ja die Kunst an sich beschreibt, entfaltete ihre volle Kraft.
Die 23, mystische Zahl, ja Formel der Illuminaten, befeuert auch heute, rund 200 Jahre nach der Gründung des Illuminatenordens durch Adam Weishaupt, die Fantasie der Menschen. In Chatrooms im Internet gibt es eine heftige Auseinandersetzung über die 23, die Illuminaten und die Tatsache, dass dieser Orden, eine Art Freimaurerloge, dem Dollar nicht nur das Auge und die Pyramidenspitze gab, sondern auch das Bild von Adam Weishaupt. Rudi Kargus hielt für den HSV 23 Elfmeter – mythische Leistung! David Beckham trägt die Nummer 23 und steht damit im magischen Zusammenhang der Illuminaten. Dass er bei Real Madrid die 7 trägt, zeigt seine Zerrissenheit, denn die 7, die zwar in vielen Kulturen die Glückszahl darstellt, ist auch der Weg ins Laby-

rinth, ins Geheimnis, in die Verstrickung. Als Beckham bei der EM den Elfmeter hoch übers Tor verschoss, wurde magisch gesehen die 7 aktiv.
Die 23, die im Sinne der Illuminaten alles bewirken kann und reine Magie darstellt, weil sie in der Quersumme zur 5 wird und damit zur Quintessenz, zur Zahl des Menschen, der spirituellen Energie, zur Materialisierung des Spirituellen, diese 23 ist die Grundlage des Fußballspiels. Die Magie im Fußball könnte vielleicht überhaupt auf diese Formel gebracht werden: 2 × 11 = 23. Stimmt zwar mathematisch nicht, aber im Spielfeld bewirken die 2 × 11 Spieler, dass ein Schiedsrichter mit auf dem Feld sein muss – also 23. So ergibt sich die einzig mögliche Situation, dass zwei Primzahlen zusammen wieder eine Primzahl ergeben. Magie eben. Was ist mit den Linienrichtern? Nichts. Sie sind nicht innerhalb der Spielfeldabgrenzung, auf dem Feld dürfen niemals mehr als 23 Menschen sein, 2 × 11 Spieler und der Schiedsrichter. Spieler und Schiedsrichter ergeben zusammen eine Primzahl, eine unberechenbare Menge. Wer gern Fußballspiele sieht, weiß, was ich meine. Im Sinne dieser magischen Formel sind Flitzer und Fans, die während des Spiels das Spielfeld stürmen, mehr als ein Störfaktor. Sie brechen den Kult der 23 und müssen entfernt werden.
Die 0 ist eigentlich keine Zahl. Im Tarot stellt sie den Narren, den Joker dar, die Kraft, die alles spontan unternimmt, der womöglich alles gelingt und

die alles verbindet. Im Fußball ist sie Magie und Langeweile zugleich. Magie, weil sie zum Beispiel Argentinien zum WM-Endspiel 1990 verhalf, denn Argentinien schoss in acht Spielen kein Tor und erreichte doch das WM-Finale. Die Langeweile beschreibt Eduardo Galeano: »Ein 0 : 0 schaut mich wie zwei geöffnete Münder an, ein ganz großes Gähnen.«

DIE BEDEUTUNG DER ZAHLEN AUF EINEN BLICK

1 steht für das gesamte Potenzial, für Chaos ohne Ordnung, für den leeren Raum und alle Möglichkeiten darin.

2 bringt eine erste Struktur: Gegensatz, Ergänzung, Herausforderung. Mit der 2 kommen Spiegelung, Zweifel, Bestätigung.

3 ist die magische Einweihungszahl. Mit der 3 kommt etwas in Bewegung, ein Raum wird geöffnet, eine Schwelle überschritten. Die 3 bewegt.

4 ist die Zahl der menschlichen Ordnung, der Versuch, dem Chaos des Universums eine tragbare Struktur abzutrotzen. 4 Himmelsrichtungen, 4 Elemente, 4 Jahreszeiten kennt die abendländische Kultur. 4 zieht Grenzen und grenzt auch aus.

5 ist die Quintessenz von allem, das, was mehr ist als die Summe aller Teile, der Geist der Materie, das Spirituelle. Leonardo da Vinci war die 5, die Zahl des Menschen, und in okkulten Traditionen ist sie auch die Zahl der Religion. Auf jeden Fall erweitert diese Zahl die Möglichkeiten der Materie um das Unwahrscheinliche, Unglaubliche, Unerhörte.

6 gleicht aus, schafft Harmonie, 2-mal die 3, 2-mal wurden Möglichkeiten geschaffen, Räume geöffnet, Erkenntnisse gewonnen. Jetzt wird die gemachte Erfahrung ausgeglichen. Die 6 ist auch die Zahl der Entscheidung.

7 mit ihr geht's ins Rätsel, ins Labyrinth, in die Geheimnisse des Seins und des Bewusstseins. Die 7 wirft Fragen auf, beginnt Wege und erfordert Mut und Entschlossenheit. In vielen Kulturen ist die 7 auch die Glückszahl. So werden in Glücksspielen gern die 7 und ihre Kombinationsmöglichkeiten verwendet.

8 symbolisiert Kraft, natürliche Autorität, die aus einem Reifeprozess gewonnen wurde, Selbstbewusstsein, Erkenntnis. Die 8 ist die Zahl der Macht, der Eigenmacht, nicht etwa der Macht über andere.

9 3-mal 3, 3-mal über Schwellen gegangen, neue Erfahrungen gemacht, sich erprobt und bestanden, das ist die 9. Fülle, Reife und Rückzug symbolisiert die 9.

Auch die Ruhe im Sturm, Gelassenheit. Wissen. In den alten magischen Traditionen wie auch der Kabbala reicht die Zahlensymbolik nur von 1 bis 9, allerdings gibt es besondere Zahlen mit einer eigenen Bedeutung, die über die Quersumme der Zahl hinausgeht, so ist die

11 eine heilige Zahl, die die Grenzen der Materie sprengt und spirituelle Energie sichtbar macht. Im Fußball kann man das allerdings nicht immer feststellen.

13 ist die alte Mondzahl und den arabischen, jüdischen und mesopotamischen Kulturen Symbol für Jahr und Zeit. In der europäischen Vorstellung ist in neuerer Zeit zwar die 13 als Unglückszahl bekannt, doch war sie zuvor durchaus eine Glückszahl, Symbol für die alte Zeitrechnung und für die Mondkraft. Den Germanen war die 13 Symbol für Freya, die wilde Vegetationsgöttin.

Im Tarot geht die Zahlensymbolik bis zur 21, wobei auch die 0 eine wesentliche Rolle spielt, als Verbindung zwischen der 21. Und der ersten Karte. Dass es im Fußball keine Null geben darf, ist zwar irgendwie verständlich, doch ist die 0 eigentlich der Joker, der Zustand, in dem alles gewagt und gewonnen werden kann, alles erlaubt ist. Die 0 im Tarot, der Narr, ist frei von Plänen, Zwängen und Vorschriften. In jedem Glücksspiel ist der Joker unabdingbar. In den Kulten der amerikanischen Indianer und in Afrika gibt es als bedeutsamste Kraft den Narren, den heiligen Clown, Coyote bei den Indianer, Eschu in Nigeria, Westafrika, zum Beispiel. Sie dürfen das Heilige beschimpfen, haben die sprichwörtliche Narrenfreiheit. Sollte man also die 0 nicht auch im Fußball einführen?

DIE BEDEUTUNG DER ZAHLEN 10 BIS 21 IM TAROT

10 Hier dreht sich das Glücksrad, das Lebensrad, eine Bewegung, die aus dem Spirituellen, aus dem Magischen in die materielle Ebene wächst, verhilft zu einer Veränderung.

11 Gerechtigkeit wird sichtbar. Jetzt erreichen alle Ursachen ihre Wirkungen. Was gesät wurde, im Guten wie im Unangenehmen, wird geerntet.

12 Ein Heilungsprozess, der durch Qualen und Leiden führen kann. Rückzug aus dem turbulenten Leben, um wieder neue Kraft zu schöpfen. Alles wird umgekehrt und damit neu sichtbar und erfahrbar gemacht. Kopfüber kommen wir auf die Welt, kopfüber heilen wir uns.

13 Der Tod, Ablösung von alten Mustern und Wertvorstellungen, auch von Beziehungen, Verträgen, Bindungen, die nicht mehr fruchtbar sind. Die 13 löst, was wieder frei werden will.

14 Die Zahl der Wandlung, der Veränderung, der alchemistischen Verbindung. Die Kunst, unvereinbare Kräfte zusammenzubinden.

15 In alten Tarotspielen ist die 15 die Zahl des Teufels. Ich sehe sie eher als die Zahl der Einbindungen, der Abhängigkeit, der unfreiwilligen Bindung. Da 15 in der Quersumme die 6, die Zahl der Harmonie, des Ausgleichs und im Tarot auch der Liebenden ist, liegt auf der Hand: Wenn die Abhängigkeit erkannt und aufgelöst wird, kann daraus ein Zustand der Harmonie gewonnen werden.

16 Zerstörung, der Fall des Turms im Tarot signalisiert das Aufbrechen alter, nicht mehr tragfähiger Strukturen und Machtgebilde. Erneuerung, Revolution, Aufstand sind in dieser Tarotkarte enthalten. Im Fußball kann die Zahl auch für ungewöhnliche, originelle und unkonventionelle Spielart stehen.

17 Im Tarot ist diese Zahl Symbol für den Stern, für das Licht im Dunkel, für das kostbare Aufleuchten von Fähigkeiten.

18 Diese Zahl symbolisiert den Mond mit all seinen Wechselwirkungen und zyklischen Veränderungen. Gefühlsabhängigkeit, ja Unzuverlässigkeit, allerdings auch Einfühlungsvermögen, die Verbindung zum Wasser und zu den Zyklen der Natur bringt die Zahl ebenfalls symbolisch mit.

19 Wünschte sich nicht jeder Fußballspieler diese Zahl? Wärme, Herzlichkeit, kindliche Freude, Genuss und die

Fähigkeit, gemeinsame Strukturen, ja ein Team zu bilden, kommen mit dieser Zahl symbolisch zum Ausdruck. Sonnenschein wäre auch beim Spiel kein Nachteil.

20 Im alten Tarot spiegelt diese Zahl das Jüngste Gericht. Im Fußball kann es heißen: zur Sache kommen. Klarheit schaffen. Schlampigkeit nicht durchgehen lassen, aber auch: Inspiration im Spiel.

21 Der Tanz des Lebens wird durch die 21 symbolisiert. Alles ist mit allem verbunden, eine schöne Idee, die im Fußball leider viel zu selten umgesetzt wird. Teamgeist, gemeinsame Freude am Spiel, kreatives Spiel mit viel Power.

Seit Fußballspieler darauf Wert legen, das Trikot mit ihrer ureigenen Zahl zu tragen, das sie dann auch vermarkten können, laufen schon mal auch die Nummern 21 bis 35 auf dem Spielfeld auf. Wer die Zahlensymbolik dieser Trikots erforschen möchte, kann jeweils die Quersumme errechnen und bei der Symbolik von 1 bis 9 nachschauen. Die 23 allerdings ist wie schon im Text beschrieben eine besondere Zahl, Primzahl, Symbol für die Macht des Unfassbaren, der Geheimkulte, insbesondere der Illuminaten, dieser alten Geheimgesellschaft um den Gründer Weishaupt, von dem es sogar heißt, er sei auf den Dollarnoten von Amerika abgebildet.

Der Kultort

»Die Straßen waren leer.
Man hätte Fußball dort spielen können.«

Arnfried Astel

»Insgesamt vielleicht ein bisschen viel Rasen«, meinte der Jugendtrainer Wolf Werner, als er aus dem Fenster des Sportinternats blickte. Das kann man von Stadien nicht sagen, da ist der Rasen eigentlich das Wenigste: Übermächtig die Werbebanner, schier erdrückend die Zuschauerblöcke und wie sich Fußballspieler fühlen, wenn die Fans in Aktion treten, kann ich nur ahnen. Die Architektur eines Stadions hat einen großen Anteil am Energieaufbau während des Spiels. Und für Fußballer gibt es ja nichts Schöneres, als auf dem Energiefeld zu surfen, das, hinter den Toren aufgebaut, über den Platz gejagt, mit dem Ball gewirbelt und bei vertanen Chancen wieder eingerollt wird. Wenn die ZuschauerInnen ums Spielfeld einer Dorfmannschaft zujubeln, bleibt es immer eine Angelegenheit von Mensch zu Mensch. Das Stadion erzeugt ein anderes Kraftfeld: Es geht um Leben und Tod. Und weil es tatsächlich manchmal so ist, werden die

Spieler jetzt durch Sperrgitter ums Feld herum geschützt.
Der vermutlich älteste Fußballplatz wurde von Archäologen auf dem Monte Alban in der Nähe von Oaxaca entdeckt. Die Tzapoteken hatten dort, wie schon vorher erwähnt, die wohl ältesten Ballspiele abgehalten, bei denen die Füße eingesetzt wurden. Spiele waren in der Frühgeschichte nicht einfach Zerstreuung für die Menschen. Wahrscheinlich seit Beginn der Menschheitsgeschichte wurden mit Spielen die Götter besänftigt, Aggressionen abgebaut und Opfer gebracht, Menschenopfer, bis in die heutige Zeit. Der Ort, an dem kultische Zusammenkünfte stattfanden und stattfinden, ist selbst ein magischer Ort. In alten Kulten wurde ein Platz gewählt, der erhaben über der Landschaft lag und eine weite Sicht ermöglichte, wie z. B. die Effigy Mounds in Ohio und Wisconsin in den USA, oder der tief gelegt im Bauch der Erde eingebettet war, wie die Kivas der Navajo und Pueblo. Kultische Ballplätze und Ritualplätze sind auch in Südamerika, in Nordafrika und in der keltischen und germanischen Kultur überliefert. Die Erdenergie spielte eine Rolle für das Anlegen des Platzes, bei den Kelten öffnete sich der Platz nach Osten und in der Mitte gab es einen runden Platz, auf dem oft auch Feuer gemacht wurden. Zwar wird auf einem modernen Fußballplatz kein Feuer gemacht, doch die Mitte kennzeichnet ein Kreis. Ähnlich der frühen kultischen Vorschrif-

ten ist auch die Größe und Form des Fußballfelds kein Zufall, soll das Opfer an die Götter, die Geister gelingen.

Im Fußball sieht das so aus: Der Rasen darf nicht kürzer als 2,5 cm und nicht höher als 2,8 cm sein. Dafür sorgt der Messdiener, also der Platzwart. Die Größe des Spielfeldes ist 110 mal 75 Meter und die Tore sind 2,44 mal 7,32 Meter groß. Der Balldruck liegt zwischen 60 und 110 Kilopond und bei all diesen peniblen Vorschriften wundert man sich, dass das Regelwerk im Fußball dann doch nur 17 Regeln umfasst, die allerdings zum Teil recht kompliziert sind, weshalb auch die Vereine Juristen beschäftigen, die sich im Konfliktfall damit herumschlagen sollen.

Die Tore haben schon bei manchen Spielen für Überraschungen gesorgt. Auf dem Bökelberg während eines Spiels von Borussia Mönchengladbach gegen Bremen, es stand 1 : 1, brach der Torpfosten. Weil es nicht möglich war, einen anderen Pfosten aufzutreiben, wurde das Spiel abgebrochen. Vielleicht ist das der Grund für die melancholische Aussage Günter Netzers: »Der Pfosten ist der Freund des Tormanns, auf den er sich nicht verlassen kann.«

Wenn die Größe der Spieler beschränkt wäre, dürfte Zinedine Zidane nicht spielen, er überragt alle und hätte vermutlich auch im Basketball eine Zukunft gehabt.

Die Kulte von Frauen in der Geschichte beschäftigen eher die Sinne und wurden uns entsprechend attraktiv hinterlassen wie zum Beispiel die matriarchalen Tempel von Malta mit den runden Kammern und Altarplätzen, mit den dicken Frauenfiguren wie der »Schlafenden«, oder die Effigy Mounds der frühen Menschen in den USA, in denen die Fruchtbarkeit, die Erde als Gottheit gefeiert wurden. Männerkulte des beginnenden Patriarchats bevorzugten eher geordnete, mathematisch genau errechnete Formen, in denen man Sonnenstand und rituelle Ordnung zelebrieren kann. Das bestätigt meine Theorie, dass inneres Chaos strenge äußere Ordnung braucht, während innere Ordnung oft äußerlich chaotisch daherkommt. Innerlich haltlose Menschen brauchen äußere strenge Rahmen, während innerlich freie Menschen, die sich mit ihren dunklen Seiten, ihrer Gewalt und ihrer Lust konfrontiert haben, auch mit verspielten äußeren Formen den Halt nicht verlieren. Im Fußball wird das deutlich: Der äußere Rahmen ist so streng, wie nur irgend denkbar: genaue Maße des Spielplatzes, eine minutiös ausgerechnete Spielzeit, Sitz- und Rang-Ordnung, hartes Eingreifen der Schiedsrichter bei Spielregelverletzungen, der Polizei bei Fan-Übergriffen – aber innerlich das volle Chaos. Weil bei diesem Spiel die innere chaotische Struktur so sichtbar wird und die nicht gelebte Gewalt so herauszubrechen droht, wurden nicht nur die Regeln im Fußball strenger – auch die Sicherheitsmaßnahmen der Stadien und Arenen entwickelten sich geradezu bedrohlich.

Bolzplätze erinnern eher an die Ballplätze der Maya, Tsapoteken, Azteken oder Moundpeople. Die Vereine, die es sich leisten können, die ihre Spieler maximal vermarkten, genug Sponsoren und Werbeverträge einfahren und auch aus den Fans herauspressen, was geht, bauen nicht mehr Stadien, sondern Arenen. In den großen Stadien Chiles, Argentiniens und Griechenlands wurden zur Zeit der Diktatur Tausende von Menschen von der faschistischen Junta zu Tode gequält. Auf dem Spielfeld wurden die Gefangenen und Verschleppten zusammengetrieben, in den Umkleideräumen wurden sie gefoltert und manchmal auch ermordet. Als der griechische Komponist Mikis Theodorakis nach dem Fall des faschistischen Regimes in Griechenland aus der Haft entlassen wurde, gab er sein erstes Konzert im Stadion von Athen. Die meisten modernen Stadien sind nicht nur Tempel des Fußballkults, sondern auch die Orte, an denen Rockkonzerte und andere Massenveranstaltungen stattfinden.

Beim Bau der »Allianz«-Arena in München machten die Fußballvereine klar, dass sie sich eine Arena nur für den Fußball wünschen. An Konzerte und andere Veranstaltungen wurde vorerst nicht gedacht. Mittlerweile ist der Andrang von Firmen und Vereinen, das Fröttmaninger Schlauchboot für andere Events zu nutzen, so groß, dass die Betreiber sich ein wenig zierten und dann nachgaben. Der Kult sollte rein bleiben – und rein heißt in diesem Zusammenhang

natürlich Fußball und Werbung. Ohne Werbung können die Fußballgötter nicht bezahlt werden, damit schrumpft ihr Wert auch bei den Fans und das ist schon paradox. Denn die Aufmerksamkeit und das Geld der Fans allein bauen den Kult auf. Auch das Geld, das die Allianz in die Arena steckt, ist letztlich das Geld der Kunden und der Fans. Die Gelder fließen im Fall der Münchner Allianz-Arena reichlicher an den Verein, wenn die Presse die Arena als »Allianz«-Arena zitiert und das ist eine alte Erkenntnis: Schleichwerbung, Productplacement und Erwähnung im redaktionellen Teil einer Zeitung oder eines Senders ist wesentlich mehr wert als eine schnöde Anzeige oder ein Werbeblock.
Die Kultorte des Fußballs sind ohne Werbung nicht denkbar. Jedes Spiel, das man im Fernsehen sieht, drängt irgendeine Marke ins Unterbewusstsein. Jeder Spieler läuft für eine Firma, jeder Verein bepflastert noch das Hemd der Spieler mit einer Marke. Da ist es doch ein Wunder, dass man nie erfährt, wer eigentlich den Rasen des Stadions herstellt. Der Rasen ist nämlich das Wunderwerk an sich. Der heilige Rasen! Er wird in besonderen Rasen-Gärtnereien gezüchtet und in Platten angeliefert, liebevoll in Form geschnitten, bis er die richtige Länge hat. Muss es dem Rasentrainer nicht wehtun, wenn die Fußballhelden nach einem geschossenen Tor auf dem kostbaren Grün mit den Knien entlangschlittern, um sich schließlich zu mehreren darin zu balgen und zu wälzen?

Der Puls der Stadien, ob Fritz-Walter-Stadion in Kaiserslautern, die AOL-Arena in Hamburg – wie von Christo und Jeanne-Claude verpackt – das Münchner »Schlauchboot« (Allianz-Arena) oder »De Kuip« (Die Wanne) in Rotterdam, sind die Fankurven. Zwischen zwei brodelnden Fankurven zu spielen, gleicht vermutlich dem Gefühl, in einer Mikrowelle erhitzt zu werden. Fankurven in einem »Fußballtempel« (Zitat aus der Zeitschrift »Anstoß«) erzeugen eine Art Kraftfeld, in dem die Anbeter des Kults ihre Fußballgötter schaukeln, treiben, hetzen, in den Himmel heben und fallen lassen. Beim Lokalderby Bayern München gegen 1860 München ist die Südkurve die Bayernkurve und die Nordkurve die Sechzigerkurve und die Spieler werden von den Fans in gigantischen Wellen beschallt und angefeuert.
Worum es beim Fußball, bei einem Stadion wirklich geht? Die neue Münchner Arena zeigt die Vision. War das Olympiastadion noch eine ausgefallene, kühne und wunderschöne Zelt-Konstruktion, so ist die Allianz-Arena ein wirklicher Tempel, wechselnde Farben lassen das Oval so aufleuchten, dass es scheinbar in der Luft schwebt. Täglich gibt es deshalb Unfälle auf der daneben vorbeiführenden Autobahn. Leicht und schwebend, schwer und massiv zugleich schließt die Arenakonstruktion Fußballgötter und ihre Anhänger ein, hält sie zusammen, erzeugt allein durch seine Form Zusammenhalt, ja Eingeschlossensein. Es gibt kein Entrinnen. Für die Zeit der Spiel-

dauer sind die Spieler dem Magnetfeld der Arena, dem Energiegewebe der Fans ausgeliefert, von Scheinwerfern bestrahlt, von Zigtausenden Mobiltelefonen gegrillt.
Erst das Ende des Spiels entlässt die Energien, die Menschen wieder in die Freiheit. Das ist bei jedem Spiel, auf jedem Platz so. Platz – allein dieses Wort zeigt doch schon, wohin sich der Fußballkult bewegt. Eine Arena ist kein Platz mehr. Da wird nicht mehr gebolzt. Da geht es um sehr viel Geld, um Macht, um Himmel und Hölle. Um gottgleichen Ruhm und Vernichtung.
Nur in der Erinnerung seien Orte des Fußballs mythisch, schreibt Christian Eichler, und beschreibt die Sanierungsbedürftigkeit, Baufälligkeit und den desolaten Zustand einiger mythischer Stadien, darunter Wembley, Maracana oder das Olympiastadion in Berlin. Mit dem neuen Münchner Mythenort könnte diese Behauptung widerlegt werden.
Vom Weltall aus gesehen schwebt die Arena wie ein erleuchtetes Boot auf den Wellen des Weltenflusses, jenseits der Zeit. Darin brandet Jubel, Enttäuschung, Ekstase auf in dem ewigen Versuch, über kultische Gemeinschaft das Materielle zu überwinden und die göttliche Essenz zu spüren, Teil von ihr zu werden und sich darin aufzulösen – Tooooor!

Die Fahrt des Helden in die Unterwelt

»Wir haben euch was mitgebracht:
Hass, Hass, Hass.«

Hooligans beim Spiel Deutschland gegen Holland 1996

Für eine Initiation in die magische Kraft ist in allen Kulturen dieser Welt der Abstieg in die Unterwelt unerlässlich. In der Lehrzeit des Schamanen erfährt dieser alles über die drei Ebenen des Seins: die Unterwelt, in der alles wurzelt, was sich materialisiert, die Welt, in der Menschen, Tiere, Pflanzen, Steine existieren, in der es körperlichen Austausch zwischen allen Lebewesen gibt, in der Liebe und Hass, Leben und Tod eine Rolle spielen. Dann gibt es die Oberwelt der Geistwesen, der Schamanenmutter, die die Schamanin oder den Schamanen lehrt.

In der Tradition schamanischer Kulturen reicht der Schamanenbaum von der Unterwelt (Wurzeln) in die Menschenwelt bis zum Wipfel der Oberwelt. Dort befindet sich das Nest, in dem die Schamanenmutter, die Tiermutter die Schamanin, den Schamanen ausbrütet. Die Unterwelt ist nicht wie in der christlichen Vorstellung »böse« oder »schlecht«. In

der Unterwelt befinden sich mächtige Dämoninnen oder Dämonen, mit denen die zu initiierenden Schamanen Bekanntschaft machen müssen, um zu ihrer wahren Kraft zu finden. Ohne Abstieg in die Unterwelt keine magische Kraft. Ohne die Kenntnis der zerstörerischen Kräfte, des dunklen Spiegels, der verborgenen Räume gibt es kein gestaltungsfähiges Bewusstsein.
Manche Initianden überspringen gewissermaßen die Unterwelt, weil sie diese Tiefen in sich tragen und immer als eine Art dunkle Spiegelung des hellen Lichts kennen. Auf Fußball übertragen: Pelé, der Magier des Fußballs par excellence, vereinte seine drei Welten so vollkommen, dass er Höhen, Tiefen und banalen Alltag leben konnte, ohne abzustürzen.
Diego Maradona war früh zum Star aufgestiegen. Er wusste nichts über den dunklen Kern des hellsten Lichts, über die tiefe Depression, die das Licht der Öffentlichkeit mit sich brachte. Er war der brillanteste Ballzauberer, den die Zunft jemals hervorbrachte, aber er konnte sein Talent nicht im Alltag halten. So lebte er einen der brutalsten und tiefsten Abstürze der Fußballwelt in die Unterwelt, auf die andere Seite des Spiegels. Drogen spielen in vielen afrikanischen und südamerikanischen magischen Kulten eine Rolle, um die Grenzen der Materie zu transzendieren und in die feinstoffliche Ebene der Impulse zu gleiten. Im Fußballkult sind

Drogen vermutlich genau aus diesem Grund verboten. Die Spieler sollen im Diesseits bleiben und den Himmel nur durch elegantes Spiel und Toreschießen erreichen. Doch von Helden wird viel verlangt. Versagen sie, werden sie vernichtet und keiner der Journalisten von Presse, Funk und Fernsehen kümmert sich, wie ein Fußballspieler mit vernichtenden, gemeinen Berichten, mit verbalen Hinrichtungen fertig wird. Maradona griff zu Drogen, um dem Druck überhaupt standzuhalten. Er war der Gott, er durfte nicht versagen und er wusste, was von Zauberern erwartet wird. Absturz gehört nicht dazu. Doch was die Angst projiziert, was als größter anzunehmender Unfall, als persönlicher Supergau, drohend im Raum steht, zieht Energie und verwirklicht sich schließlich. Maradonas Absturz in Drogensucht, sein körperlicher Zusammenbruch waren ebenso spektakulär wie seine höchsten Leistungen.

Eine andere Art von Unterweltsfahrt erlebte Bobby Charlton. Er saß mit seiner Mannschaft von Manchester United, den so genannten »Busby Babes«, im Flugzeug nach Belgrad. In München gab's Probleme, die Maschine sollte überprüft und aufgetankt werden, zwei Starts misslangen. Bobby Charlton war gerade zwanzig Jahre alt und die große Verheißung am englischen Fußballhimmel. Er tauschte mit einem Teamkollegen auf dessen Wunsch den Platz, der sich im Heck der Maschine sicherer fühlte – ein verhängnisvoller Irrtum, wie sich herausstellte. Die Maschine startete, raste über die Rollbahn hinaus, zerbrach an einem Zaun in zwei Teile und acht Mitglieder des Fußballteams starben. Bobby Charlton wurde aus der Maschine geschleudert und überlebte, ebenso wie der Trainer Matt Busby. Bobby Charltons Fußballkarriere war immer überschattet von diesem Absturz und seinem »Schuldgefühl des Überlebenden«. Dennoch stieg er zu einem der größten Fußballer der englischen Soccer-Geschichte auf, indem er die Unterweltserfahrung in sein Spiel einbrachte.

Fast alle charismatischen Fußballspieler streifen die Unterwelt in ihrer Karriere oder steigen tatsächlich ab und aus. Jimmy Hartwig, ein vielversprechender Fußballer bei 1860 München, hielt dem Druck der Öffentlichkeit nicht stand, konnte sein Talent nicht gegen die Verleumdungen und Attacken der Presse behaupten und gab auf.

Die Presse spielt bei der Unterweltsfahrt eine große Rolle. Vielleicht weil sie die Funktion des dunklen Spiegels erfüllt, sie zerrt einen Spieler nicht nur ans Licht, ins strahlende Licht der Öffentlichkeit, wo jedes Formtief, jeder Pickel, jede Zerrung und jeder Seitensprung genüsslich zerlegt, aufbereitet, in allen Einzelheiten zelebriert wird, sondern führt ihn auch ins dunkle Zentrum dieses Lichts, wo das gleißend Helle umschlägt ins undurchdringliche Dickicht der universellen Nacht. Darin gingen viele

Spieler, viele Spitzensportler und Promis verloren. Wer da nicht den roten Faden der Gelassenheit mit sich führt, stürzt für immer.
Franz Beckenbauer ist mit diesem roten Faden unangreifbar geworden. Ja sicherlich ... Er kann alles bringen, die Öffentlichkeit liebt ihn selbst da, wo die Presse ihn diffamiert. Überhaupt lieben die Fans den Absturz, den sie selbst nur zu gut kennen. Paul Gascoigne, der Hooligan unter den Fußballspielern, wurde von den Fans geliebt, auch wenn er, vom Platz gestellt, den Sieg gefährdete. Sie nannten ihn zärtlich Gazza und erzählen noch heute begeistert von seinen Schlägereien und Ausfällen.
Der Torhüter Oliver Kahn, vom kalten Hauch der Niederlagen gestreift, stürzt sich von einer Seite des Tors zur anderen, so fliegen ihm die Bälle um die Ohren. Sein kantiges Gesicht ist zur wütenden Maske erstarrt, der Torhüter, die zentrale Figur in jedem Kult, ist ja die Instanz, die darüber wacht, wann und für wen das Tor sich öffnet. In schamanischen Einweihungen muss man das Schlüsselwort kennen, im Fußball muss man die alles entscheidende Bewegung machen können. Der Tormann lebt von seiner Intuition. Von der Fähigkeit, lang zu warten und schnell zu agieren. Verliert er diese Fähigkeit, stürzt er ab ins Chaos, von den Fans gnadenlos ausgepfiffen, abgehakt. Dem Vergessen überlassen.
Aus der Unterwelt einer tiefen Depression wieder

hochgekommen ist Sebastian Deisler, zuerst von der Presse geschmäht, jetzt wieder in der Nationalmannschaft eingesetzt und wohlwollend erwähnt – ihm wird vielleicht das Kunststück gelingen, die Erfahrungen der Unterwelt in seine Karriere einzuarbeiten.

Die Unterweltsfahrt übt auf die meisten Menschen einen großen Reiz aus. Das Abgründige, die Demütigung, Sex und Gewalt gehören zu den archaischen Themen, die die Auflagen der Zeitungen hochkatapultieren und Produkte verkaufen helfen. In schamanischen Traditionen, in denen die männliche Kraft eine große Rolle spielt, wird Gewalt rituell zelebriert und begleitet, um sie zu kanalisieren und zu integrieren. Da es in der westlichen Zivilisation keine Rituale mehr gibt, die männliche Gewalt kultisch darstellen und eingrenzen, hat sich der Unterweltaspekt mehr und mehr in rechtsradikale Ausschreitungen und Hooligan-Ausfälle verlagert. Hooligans machen ihre Fußballstars zu Gladiatoren, sie feuern den Kampf an, als ginge es um Leben und Tod. Alkohol schürt die Gewalt und auch hier bewegt sich Fußball im magischen Raster der schamanischen Initiation.

Spirit for the Spirits! Francesco Totti erinnert sich schaudernd an sein erstes Tor für die erste Liga in Italien, das Gebrüll der zigtausend Menschen, er selbst ganz klein auf dem Rasen, umgeben von einer immer dichteren Energie, die sich explosionsartig entlud ... In einem Interview beschrieb Totti die Faszination und zugleich das Bedrohliche, immer im Zentrum der Aufmerksamkeit zu sein, geliebt, bejubelt, gehasst, verehrt, vernichtet. Das halten nur wirkliche Zauberer aus. David Beckham ist vielleicht so einer. Er genoss den Ruhm, das Geld, die Aufmerksamkeit der Schickeria, die sich zu allen Zeiten einen Magier geleistet hat. Dann kam der Absturz der EM, der verschossene Elfmeter. Plötzlich arbeiteten seine Seitensprünge, seine Virilität, sein exzentrisches Leben, das gerade noch von der Presse bewundernd kolportiert worden war, gegen ihn. Er wurde gnadenlos auf dem kultischen Altar geschlachtet. Seinem Nimbus hat es nicht geschadet. Wenn es ihn verletzt oder geschwächt hat, lässt er es sich jedenfalls nicht anmerken. Unbeirrt, mit neuer Frisur gönnt er sich und seiner angeschlagenen Kultfrau einen »Liebesurlaub«, wie die Zeitungen gleich schreiben, und drängt wieder an die Macht, wie es sich für einen Zauberer gehört.

Fans verzeihen ihren Fußballgöttern fast alles, vorausgesetzt, die behaupten sich. Wer kapituliert, wird geschlachtet. Absturz ist akzeptiert, Leiden ist peinlich. Deisler wurde für sein Eingeständnis, er sei depressiv, geschmäht. Solche Schwächen darf ein harter Mann auch heute nicht zeigen. Erst als er aus der Unterwelt wieder auftauchte, ließ die Presse ihn wieder gelten. Ein depressiver Fußballer ist fast so undenkbar wie ein schwuler Fußballer. Die Unterwelt ist möglich, aber nicht die »Aufweichung«.

Abgestiegen in die Unterwelt ist auch der Schiedsrichter Robert Hoyzer, der den Verlockungen des Geldes nicht widerstehen konnte und im Spiel SC Paderborn gegen den HSV den Hamburger Klub betrügerisch auspfiff. Er wurde mit dem Druck nicht fertig, gestand alles und ging den schweren Weg durch die öffentliche Demütigung. Die Hintermänner wurden natürlich nie entdeckt, weil ganz schnell Gras über die Sache wuchs. Die Art von Gras, die mit viel künstlichem Dünger wuchert. War nach Ansicht der FIFA Hoyzer auch ein »kleines Rädchen« – das Eisen war zu heiß, um der Sache wirklich auf den Grund zu gehen. Geld ist die treibende Kraft, die magische Nahrung und die Unterwelt der Spiele zugleich. Spieler werden gekauft, Vereine werden gekauft, ein Image kann gekauft werden – wer der Geldgier allzu unverblümt nachgibt, stürzt tief.

Im Mai 1985 wurde in Brüssel das Heysel-Stadion selbst zur Unterwelt. Im Spiel Juventus Turin gegen FC Liverpool stürmten Hooligans aus Liverpool den italienischen Block und begannen eine Schlägerei. Sie lösten damit eine Massenpanik aus, die neununddreißig Menschen das Leben kostete. Hooligans verkörpern die dunklen Engel, die Dämonen des Fußballkults. In eine Art Ehrenkodex eingebunden –

»Wir ziehen niemals Fans in unsere Kämpfe, Hooligans kämpfen nur gegen Hooligans und die Polizei« –, fordern sie ein Recht auf mythischen Kampf, auf Blutopfer. Hooligans aus Nottingham zelebrierten diese Blutopfer auf grausige Weise. Sie erzeugten in Sheffield, im Spiel Nottingham Forest gegen FC Liverpool, durch Schlägereien eine Massenpanik. Sechsundneunzig Fans aus Liverpool starben – von den Massen zu Tode getrampelt oder an die Absperrgitter gedrückt.
Hooligans haben, dem Vernehmen nach, so etwas wie einen Ehrenkodex, eine Ritualordnung, die verlangt, dass Waffen nicht zum Einsatz kommen, dass nur mit Fäusten gekämpft wird, dass auf dem Boden liegende hilflose Gegner nicht mehr attackiert werden, dass für Verletzte Hilfe geholt wird (»Die Suche nach Gemeinsamkeit und die Gewalt der Gruppe«, siehe Literaturliste am Ende des Buchs). Wie bei rituellen Stammeskämpfen gibt es Tabus, die nicht überschritten werden dürfen.
Dieser »Ehrenkodex« der Hooligans erschließt sich allerdings nicht unbedingt, wenn man die blutige Spur ihrer Aktionen betrachtet. 1998 beim WM-Spiel Frankreich gegen Jugoslawien baute sich Hass unter Hunderten von deutschen Hooligans auf, die keine Karten mehr bekommen hatten. Sie zogen brüllend durch die Straßen, auf der Suche nach anderen Hooligans, mit denen sie sich prügeln könnten. Da waren aber nur Polizisten, die Lieblings-

feinde der Schläger. Zwei der Polizisten wurden abgedrängt und standen allein in der Rue Romuald Provost in Lens. Mit dem Schrei »Den schlagen wir zu Brei« schlugen die rechtsradikalen deutschen Krawallbrüder den französischen Polizisten David Nivel beinahe tot.

Da schimmert das Grauen der ersten mesoamerikanischen Ballspiele durch, bei denen Menschenopfer die Götter milde stimmen sollten. Bei den Hooligans warten wir wohl vergeblich auf den evolutionären Sprung vom Neanderthaler zum Homo sapiens.

»Der Kitzel, der Nervenkitzel dabei, wenn du auf die anderen draufrennst – das gibt dir 'nen irren Kick! Zusammensein, das Machtgefühl, wenn du 'ne Gruppe bist. Da kann mir einer sonst was erzählen: Wenn ich Macht ausüben kann, dann ist das irgendwie ein tolles Gefühl. Das steckt, glaube ich, in jedem drin ... Das ist ›der kleine Nazi‹ oder ›der kleine Diktator‹ in jedem. Es gibt wohl kaum einen Menschen, der nicht mal Lust hätte, Macht auszuüben. Und wenn du auf einen Mob draufrennst und boxt die weg, dann warst du besser als die, dann hast du Macht ausgeübt«, beschreibt ein Hooligan die Freude am Prügeln, die fast kultische Gemeinschaft der Schläger in Gehrmann/Schneiders »Fußballrandale«.

»Auf einmal ... das ist, wie wenn du einen Stecker in die Steckdose steckst und auf einmal geht das

Licht an. Wie wenn du einen Schalter reindrückst. Da hält dich nix mehr und da denkst du auch nix mehr. Da bist du auf einmal nur noch am Rennen, am Hauen und Prügeln.«

Dieses Gefühl hatten wahrscheinlich alle Männer der Geschichte, ob sie nun am Kreuzzug, am heiligen Krieg oder am Prügeln beim Fußball beteiligt waren. Männerkulte ohne symbolische oder tatsächliche Ausübung von Gewalt, um die eigene Angst zu besänftigen, sich zu überwinden und damit das eigene Leben zu meistern, sind eigentlich undenkbar. Dass es bei kultischen Schlachten bis heute zu Toten, also zu Blutopfern, kommt, zeigt, wie dünn die Schicht der Zivilisation eigentlich wirklich ist.

»Die Bereitschaft zur Gewalt wird immer größer. Früher war das so gewesen, wenn einer auf dem Boden gelegen hat, dann war Ruh gewesen. Lass ihn liegen! Heute musst du damit rechnen, dass dir noch fünf Leute auf dem Kopf rumtreten. Aus Hass.«

Im Stadion ist die Unterwelt gleichbedeutend mit den Umkleidekabinen und Duschen. Nach einem Spiel ist dieser Bereich die Sperrzone, in der die Spieler die Sau rauslassen können, in der Presse keinen Zutritt hat, es sei denn, dieser Zutritt wird vor Begeisterung von den Fußballgöttern gewünscht und vom Verein abgesegnet. Wenn man der Australierin Kathy Lette glauben darf, gibt es auch so etwas wie Tempelprostitution in der Unterwelt der Stadien. Groupies dürfen an den Göttern Oralsex praktizieren und damit ihre Leistung aufbauen. Meine Freundin Ingrid besuchte mit ein paar Frauen die neue Arena in München. Als sie in den Bereich der Umkleidekabinen und Duschen kamen, sagte eine der Frauen: »Hier sieht's aus wie bei uns im Kindergarten.«

Zur magischen Initiation gehört der Abstieg in die Unterwelt, aber auch das Auftauchen, um die Erfahrungen dieser schamanischen Einweihung wieder mit in den Alltag zu nehmen und dort umzusetzen. Diego Maradona hat es geschafft, wie ein Schamane der alten Tradition. Nach jahrelanger Drogensucht, Fettleibigkeit, Problemen mit Gerichten und vollkommenem Absturz beginnt er nun mit neuer Power ein neues Leben, aufgetaucht aus der Unterwelt, schlank, fit, gut aussehend. Im August 2005 präsentierte er seine erste Talkshow »La noche del 10«, die Nacht der 10, in der er Bezug auf seine Trikotnummer nimmt und als ersten Gast Pelé einlud. Er wirkte gelöst, gut gelaunt und souverän. Auf die Frage, wer denn nun der Beste sei, Pelé oder er, sagte er weise: »Meine Mutter sagt, ich, Pelés Mutter sagt, er.« Maradona, der Schamane, aufgetaucht aus der Unterwelt und mit dieser Erfahrung zu einer neuen Facette der Magie gelangt, ist vielleicht der einzige Fußballer, dem es nach einem so tiefen Fall gelungen ist, das Publikum nicht nur für sich einzunehmen, sondern auch zu Tränen zu rühren. Er zeigt sich authentisch. Wie es mit der Authentizität sonst im Fußball bestellt ist, mag ein Zitat des Präsidenten vom 1. FC Köln, Dieter Artzinger-Bolten, illustrieren: »Ich muss oft an die Kinder denken, die mit Tränen in den Augen ihre Stars anhimmeln und Autogramme sammeln. Wenn die wüssten, was im Hintergrund läuft, würden sie ihre Alben für immer zuklappen.«

Die Anhänger des Kults

»Hau ab, raunzte mich ein Polizist an, sonst setzt es was. Ich glaubte es ihm und haute ab.«

Schneider/Gehrmann

Die Anhänger des Fußballkults sind seit Jahrzehnten ein berechenbarer Faktor in allen Ländern dieser Erde. Mal freuen sie sich, mal toben sie, mal flippen sie aus, zetteln Schlägereien an, gleiten ab ins rechtsradikale Feld, wo es gegen andere Hautfarben, Schwule, Behinderte oder Außenseiter geht. Sie besaufen sich oder ziehen fröhlich singend durch die Straßen, aber eins ist gewiss: Sie stehen jedes Wochenende und auch schon einmal unter der Woche im Stadion. Heute müssen sie fast überall sitzen, weil es den Verantwortlichen zu riskant geworden ist, den Hooligans und den Schlägern Stehplätze mit Möglichkeiten zum Überspringen anzubieten. Ihre Treue zum Verein kennt kaum Grenzen. Sie studieren die Vereinsgeschichte, sitzen tagelang in der Vereinskneipe und debattieren über Aufstellung, Fähigkeiten und Versagen ihrer Helden. Sie reisen ihrem Team nach und geben ihr letztes Hemd, um dabei zu sein, immer, überall. Jedes Wochenende in jedem

Stadion Tausende, Zehntausende. Arbeiter, Angestellte, Manager, Künstler, Schriftsteller, Handwerker, Arbeitslose, Wohnungslose – egal, wie das Wetter ist, wie die politische Situation ist. Sie kommen zum immer gleichen Ritual, sie schreien, sie halten den Atem an und schreien wieder los, wenn es die Situation wieder erlaubt. Sie gehen durch die tiefste Schmach mit ihren Fußballern und steigen mit ihnen auf in die höchsten Höhen, bis die Polizei sie eventuell irgendwo am Bahnhof oder vor dem Stadion auf den Boden der Realität holt.
Fußballfans leisten aktive Vereinsarbeit, kaufen alle Produkte des Vereins, wenn irgend möglich, und unterstützen ihre Mannschaft, auch wenn's mal schief läuft. Während der Fußballer selbst keinen Schweißtropfen verspritzt, ohne dafür zu kassieren – natürlich sind die Gehälter in den unteren Rängen bescheidener –, lässt der echte Fan oft Gelder fließen, die er eigentlich gar nicht hat. Man könnte ja denken, Fußballfans würden es irgendwann müde, immer nur zuzusehen, »wie zweiundzwanzig Männer hinter einem Ball herrennen«, wie so manche Frau es schon formulierte. »Warum gebt ihr nicht jedem einen Ball?«, fragte eine Freundin ihren Mann, der daraufhin meinte, so ein borniertes blödes Geschwätz habe er überhaupt noch nie gehört. Am Fußball, an der immer gleichen Routine der Spiele, an der überwältigenden Liebe zum Leder, zum Plastikball, zerbrach ihre Ehe oder daran, dass sie nicht

dieselbe Hingabe finden konnte und eine andere Hingabe suchte, die sie ihrerseits nicht bekam.
Die Anhänger des Kults sind in allen Religionen zentrale Personen, obwohl sie scheinbar am Rand stehen. Im Mittelpunkt der Aufmerksamkeit auch bei magischen oder schamanischen Ritualen sind die Medizinleute, die Zauberer, die GrenzgängerInnen in den mystischen Raum. Nur was wären die ohne ZuschauerInnen, ohne die zahlenden Gäste? Ohne die Menschen, die einen Zauberer brauchen, weil sie selbst anscheinend keine Beziehungen zum Göttlichen zustande bringen? Nur wenigen Meistern eines Zauberkults genügt der Kontakt mit den Wesen der anderen Welt – womöglich haben sie gar keinen Kontakt und ziehen nur eine gute Show ab. Die meisten Zauberer erliegen ohnehin der Versuchung, die AnhängerInnen des Kults abzuzocken.
Dieser Versuchung sind die Vereine schon lang erlegen. Während die Lebensbedingungen für die ZuschauerInnen des Fußballs immer härter werden und sie tatsächlich große Opfer bringen, um ihrem Verein, ihren Stars treu zu bleiben, während der Euro schon fast nur noch wert ist, was einmal die Mark zu kaufen vermochte, denken Fußballstars nicht ans Sparen, im Gegenteil. Sie müssen ja geradezu verschwenderisch leben, denn sie leben stellvertretend den Glanz, den Aufstieg und den Absturz für ihre Fans aus. Hoffnungen, Ängste, Freude, Wut und ekstatische Bewunderung ihrer Fans verschaf-

fen ihnen den göttlichen Status. Für die religiöse Überzeugung opfert so mancher Fan seine letzten Ressourcen und wer keine hat und nicht ins Stadion gehen kann, hängt vor dem Fernseher, vielleicht mit anderen Gläubigen in einem Gasthaus, das sich vielleicht Sportbar nennt und die digitale Großbildschirmübertragung aller Spiele verheißt.

Wenn ein Bundesligaspiel, eine europäische Meisterschaft, eine Weltmeisterschaft ansteht, wächst der Kult ins Irrationale. Begeisterung und Vernichtung liegen dann oft nah beieinander und die Fans reagieren, als hätten sie im Lotto gewonnen oder ihre Wohnung verloren. Der wahre Fan geht ganz in Wohl und Wehe seines göttlich verehrten Helden auf. Kinder leben diese religiöse Verehrung durch das Aufhängen von Postern, das Tragen der Trikots, durch das Sammeln von Fußballerbildern und das Aufbauen kleiner Vereinsschreine und natürlich mit Talismanen und Fetischen aller Art aus. Erwachsene Männer und Frauen haben die äußere Demonstration der Kultverehrung meist abgelegt und verinnerlicht, aber ein wirklicher Fan schmückt sich wenigstens dezent mit den Farben des Vereins, einem Schal, einer Mütze. Dann gibt es noch die Fans, die tief im Inneren das Feuer der Verehrung schüren, ohne es nach außen zu zeigen. Es ist einigermaßen gefährlich, mit ihnen zu diskutieren, denn jede unbedachte Äußerung, jedes dahingeflachste Wort wird zum Zündstoff.

Genauso ist es auch bei tiefen magischen oder religiösen Überzeugungen. Sie dulden keinen Spott, keine Verachtung, kein Necken und Provozieren. In afrikanischen und indianischen Traditionen allerdings gibt es die unberechenbare Figur, den heiligen Narren, Eshu bei den Yoruba Nigerias zum Beispiel, Coyote bei den Navajos Nordamerikas, der alles Heilige verspotten darf, das Göttliche schmähen, das Verehrte niedermachen darf, ja muss. Denn während die Anhänger lachen, bauen sie ganz ernsthaft eine tiefere Bindung zu den heiligen Werten, die den Spott überdauern auf. Während der WM 2002 nahm Rudi Völler einmal die Rolle des heiligen Narren ein. Die Nörgelei wurde ihm zu dumm und er wurde ein wenig ausfallend, bezeichnete Reporter als Idioten, fand alles zum Kotzen und wurde dafür geliebt. Kein Trainer ist jemals mit so viel Zuneigung und Wärme von den Fans abgetreten. Eine ehrliche Haut, ein braver, aufrechter Mann, der sich der Niederlage stellt, da erkennen sich die Fans gern selbst.

Olli Kahn dagegen verkraftete seine Vorbildfunktion nicht. Er, der zuverlässige Kahn, der eher ein wenig hölzern und steif wirkte, wurde zum Jetset-Helden, flippte aus, erlag einer schönen Barfrau, verließ seine Frau und das gemeinsame neugeborene Baby und widmete sich fortan dem Studium verschiedener DJs und Tresenausstattungen. Die Fans warteten. Hohn und Kritik wechselte mit Anerkennung und Ermutigung ab. Die Presse, im Ritual die Dämonen, die Geier, die dunklen Mitspieler der Rituale, schlachtete und zerlegte Kahn, wie vor ihm schon viele andere, die es nicht so souverän wegsteckten.

Fußballfans leben im Stadion und vor allem nach dem Spiel Aggressionen und Freude aus, die gar nicht unbedingt mit dem Spiel, sondern vielmehr mit ihren Lebensbedingungen zu tun haben und hier eine symbolische Entladung erfahren. So ist es auch mit den TeilnehmerInnen eines traditionellen magischen Rituals. Symbolisch werden Emotionen benannt und ausgelebt, im ritualisierten Rahmen geschützt, gehalten. Dadurch kommt es zu einer Entladung. Das Ritual als Ventil hilft den Teilnehmenden, Stress und Probleme abzubauen, obwohl sich diese Probleme nicht in der Wirklichkeit außerhalb des Rituals gelöst haben.

Es entsteht kaum jemals ein Bewusstsein über die Abhängigkeit vom Kult. Aggressionen bauen sich unbewusst auf. Die teuren Eintrittskarten fürs Stadion, all die Fetische, die es zu kaufen gilt, immer das Neueste und dann auch noch für die Kinder, die häuslichen Probleme, vielleicht kommt auch Arbeitslosigkeit, Hoffnungslosigkeit dazu. Das wird aber nicht thematisiert. Sondern vielmehr wird jede Emotion mit Sieg oder Niederlage des Vereins gekoppelt. Bei entsprechendem Alkoholkonsum steigt der Aggressionspegel und dann geht es schnell ein-

mal in die gewalttätige Auseinandersetzung mit irgendwelchen Leuten, die überhaupt nichts mit den Problemen zu tun haben, um die es eigentlich geht. Kein Mensch würde jedes Wochenende demonstrieren gehen, für die eigenen Rechte, das eigene Wohlergehen einstehen, sich aktiv am Gelingen einer Regierung beteiligen, gegen Ungerechtigkeit kämpfen. Doch jedes Wochenende gehen alle Anhänger des Kults zum großen Ritual im Stadion. Das ist vergleichbar mit Menschen, die in die Kirche gehen und sich Erleichterung und Hoffnung aus den Erzählungen des Pfarrers holen. Vergleichbar auch mit Menschen, die sich um einen Schamanen scharen, der jetzt mit den Geistern zu konferieren beginnt, eine gute Show abliefert und den Menschen das Gefühl gibt: Dein Problem ist zwar nicht gelöst, aber du hast ein paar interessante Stunden gehabt.
Es entsteht weder in der Kirche noch beim Fußball, noch in einem schamanischen klassischen Ritual wahre Verbundenheit. All diese Kulte haben eines gemeinsam: Sie bauen eine höhere Ebene auf, an der die ZuschauerInnen nicht teilhaben. Sie erfinden Gesetze für die Höherstehenden und andere für das Fußvolk. Ein gemeinsames Aufwallen von Gefühl, Ekstase wird erzeugt. Massenhysterie entsteht. Seltsamerweise ist das Fußvolk in allen Kulten hochzufrieden mit der schlechten Behandlung, den hohen Kosten und den geringen Befriedigungsmöglichkeiten. Qual ist angesagt und in Kulten mit patriarcha-

ler Prägung, also monotheistischen Religionen, schamanischen Kulten und eben auch im Fußball kommt Qualität von Qual. Wer sich nicht quält, ist nichts wert, wer keine Opfer bringt, ist es nicht wert, Teil des Kults zu sein. Und da die meisten Menschen, die von patriarchalen Religionen geprägt sind, die Qual verinnerlicht haben, kann man mit ihnen eigentlich umspringen, wie man will. Hauptsache, es gibt ab und zu ein Highlight, einen Sieg, einen schönen Gottesdienst, einen Umzug, eine WM-Siegesfeier und Verbeugungen der Fußballer für die Fans – schon passt wieder alles.

Die Ekstase

»Fußball ist schöner als Orgasmus.«
Christoph Daum

Was sagt uns das Lied, das für den Helden Grabowski gereimt wurde und nicht etwa von Frauen gesungen wird:

»Halt mich fest,
halt mich fest
halt mich fest Marie,
bei der Eintracht spielt ein Mann,
das ist der Grabowskiii.«
Aus: »Die heiße Luft der Spiele« von Ror Wolf

Ist die Leidenschaft für Fußball nicht vielleicht doch die heimliche Leidenschaft der Männer füreinander, das vollkommene Eins-Sein in der männlichen Kraft, die Lust, die eigene Kraft gespiegelt zu sehen und sich damit zu verbinden und zu verbünden?
Was Frauen immer wieder vermuten und misstrauisch kommentieren, ist das größte Tabu in der Fußballgeschichte. Fußball ist ein Sport für Männer, ein

Ritual in die Mannbarkeit, ein Kräftemessen, ein Aufeinandertreffen von virtuosen Sportlern, Zauberern, Meistern, ja Göttern – doch aus keinem Sport wird die Homoerotik, die Homosexualität so streng herausgehalten wie aus allem, was mit Fußball zu tun hat. Ist es nicht die letzte Sportart, in der weltweit wahre Männer ihre Kräfte messen? Dass ein »zartbesaiteter Homosexueller im harten Fußballgeschäft« nicht zurechtkommen würde, ist die Ansicht vieler Fußballfunktionäre und Trainer.

Geradezu homophobisch gebärden sich Präsidenten, Spieler und Kommentatoren, wenn's um die Vermutung geht, dass Spieler doch wohl auch erotisches Vergnügen aneinander haben, wenn sie ein Tor schießen. Aus diesem Grund ist es verboten, sich zu sehr zu freuen. Jürgen Klinsmann flippte aus, als er in der Sauna von vorn nackt fotografiert und dieses Foto veröffentlicht wurde. Er klagte gegen die Zeitung mit dem Ergebnis, dass sie in der nächsten Ausgabe seinen nackten Hintern abdruckte.

Es gibt eine Strafe vom Schiedsrichter, wenn zwei Spieler allzu lange aufeinander springen, sich aneinander reiben oder sich allzu zärtlich umarmen. Nicht verboten ist dagegen das Kreisen und Stoßen der Hüften in Richtung Publikum sowie sportliche Einlagen wie Flickflack oder Purzelbaum. Ein Spieler darf vor Freude über ein Tor den heiligen Rasen zerstören, indem er sich auf den Boden wirft und meterweit rutscht. Aber am Schenkel eines Mitspielers reiben ist megatabu. Das entspricht in allem den Initiationskulten z. B. in Neuguinea bei den Sepikgesellschaften. Initiation ins Mann-Sein geschieht durch Furcht erregende Erlebnisse mit weiblichen Masken und Figuren, die Dämoninnen, Göttinnen, ja die Frau an sich darstellen. Durch das Entschärfen der weiblichen Macht wächst die männliche Kraft, der Held kommt in der Welt an und kann sich nun an Frauen heranmachen, ohne größeren Schaden zu leiden.

In Stammeskulturen findet die Begattung statt – und damit hat es sich. Der Mann wächst an der Energie der Frau, das ist das Geheimnis der Initiation ins Mann-Sein. Im zeitgenössischen Kult, z. B. des Fußballs, ist es zwar notwendig, dass der Fußballer seine Männlichkeit unter Beweis stellt und über jeden homosexuellen Verdacht erhaben ist – »Weicheier« würden einem Verein schaden, da sind sich Fußball und Fetischmagie in Afrika einig –, doch da jede Bewegung von den Massenmedien beobachtet und veröffentlicht wird, raubt die ständige Beschreibung und Enthüllung der kultischen Handlungen dem Helden jede Kraft. Er wird zerstört. Und ausgemustert.

»Es liegt nahe, dass Fußball eine Umschreibung sexueller Wünsche oder Praktiken ist. Sind so weit alle einer Meinung?«, fragt Jayin Thomas Gehrmann in seinem Aufsatz »Mal angenommen, Fußball hätte etwas mit Sex zu tun« (in: »Entscheidend is auffem

Platz«). Der Verhaltensforscher Desmond Morris (»Das Spiel«) geht noch weiter: »Da er [der Spieler] jung und in bester körperlicher Verfassung ist, wirkt seine Männlichkeit äußerst anziehend auf die vielen Groupies und die Besessenheit des Spielers in puncto Tore schießen bekommt bald auch eine übertragene Bedeutung.«

Daums Bemerkung, Fußball sei schöner als Orgasmus, wird von einer Zuschauerin virtuos entwertet: »Wer das behauptet«, sagt eine Sekretärin, »hatte noch keinen.« Diese Ungleichheit bei der Bewertung des Orgasmus mag auch damit zusammenhängen, dass Männer Orgasmus anders erleben als Frauen. In der linearen Energie von Aufbauen, Abschießen, Entspannen mag ein Tor wie ein Orgasmus kommen. Die Orgasmusenergie von Frauen bewegt sich halt nicht linear von einem Punkt zum anderen, ist schon eher wie das virtuose Dribbeln von Maradona oder das elegante Hin- und Herspielen, das wir heute vor allem im afrikanischen und brasilianischen, ja und im Frauenfußball bewundern.

Die Hüter der Ordnung im internationalen Fußballbund FIFA wollen keine sexuellen Energien im Spiel demonstriert sehen.

Bei der WM 1998 ließ TV-Experte Karl-Heinz Feldkamp sensible Ohren aufhorchen: »Auch Babbel hat das Loch von Kohler hervorragend ausgefüllt.« Und das im Vorabendprogramm. Doch keine Frage, Feldkamp meinte das ganz taktisch, ohne jeden Unterton. Er wird sich auch hüten. Denn Homosexualität definiert sich im Fußball als Rufmord. »Vor der WM 94 hat eine deutsche Zeitung tatsächlich versucht, mir diese Geschichte anzudichten«, empörte sich Jürgen Klinsmann noch Jahre später über diese seltsamen Verdächtigungen. »Was soll ich dazu sagen? Das ist Rufmord. Böswillig, gemein und verletzend. Eine ganz, ganz linke Tour, Gerüchte, die absolut frei erfunden sind, in die Welt zu setzen.« Der Verdacht der Homosexualität ist Gift für einen Spieler.

Wenn die Spieler sich nach einem Tor besonders freuen, wird schon mal der Verdacht laut, sie würden heimliche homosexuelle Neigungen ausleben, weshalb die FIFA seit 1981 die Fußballer auffordert, diesem Verdacht vorzubeugen.

Küssen und Reiben, Knuddeln und Aufeinanderliegen nach einem gelungenen Tor sind deshalb zwar verboten, aber die Spieler finden andere Ausdrucksmöglichkeiten. Sie reißen sich das Hemd hoch, um ihren Waschbrettbauch zu präsentieren, oder wackeln mit dem Hintern in einem lasziven Tanz wie der Kameruner Roger Milla bei der WM 1998 um die Eckfahne herum. Wenn Kamerun auch die WM nicht gewonnen hat, so bleiben die heiteren, entspannten, erotischen Spieler doch unvergessen.

In Deutschland wird der Sexfaktor gern aus harten Männerspielen ausgegrenzt. Nach dem Spiel darf in einschlägigen Nachtlokalen schon mal die Post abgehen, das stärkt den Mythos des Spielers als Hengst, doch auf dem Spielfeld wollen die harten Jungs in der Fankurve und die Vereinsmeier vergessen, dass Beckham gelegentlich die Schlüpfer seiner Frau Victoria trägt. Ab unter die kalte Dusche, Junge! Zwar behauptete ein Wirt eines Promilokals der Schwulenszene, bekannte Fußballer zu seinen Kunden zu zählen, outen wollte er jedoch niemanden und auch keiner der schwulen Stars rückte mit einem sexuellen Bekenntnis heraus. Fußballer sind die letzten wahren Männer, dafür werden die Verantwortlichen in den Vereinen schon sorgen. Der ritualisierte Kampf, also das Spiel, dreht sich zwar um Mannbarkeit, um Härte, um Geschick, um alle Qualitäten, die ein Mann so einbringen kann, um eine Frau für sich zu gewinnen oder die Herzen aller Frauen, die zusehen, aber die Frauen, um die es bei Schaukämpfen von Männern eigentlich geht, bleiben ausgeschlossen. Sie sind Beiwerk, Belohnung, Dekoration für die Helden.

Aus dem Initiationsspiel in männliche Kraft und Anziehungskraft für das Weibchen wird übrigens nicht selten die Ursache für Eifersucht und Trennung. Samstage sind für viele Frauen eine Qual, denn wenn sie die ganze Woche hart arbeiten, hätten sie ihren Mann am Samstag gern für sich. Nix da. Nachmittags wird ins Stadion gegangen, abends gibt's die Sportschau und wehe die Frau wagt es, ironische Kommentare oder unzufriedene Seufzer ein-

zuflechten. Da sich Männer meistens keine so intensiven Männerfreundschaften oder gar Berührung mit anderen Männern erlauben, ist Fußball, die Freude über Tore, das Sichumarmen und Tanzen nach einem Sieg, das Betrinken und miteinander Untergehen nach einer Niederlage vermutlich notwendiges Ventil für mangelnde Kommunikation zwischen Männern. Berührung, die sich bei Männern erfahrungsgemäß eher als Rangelei, Kampf oder Kräftemessen äußert, kann im Fußball eben emotional und innig werden, ohne peinlich zu sein.
»Weniges scheint das Publikum so zu faszinieren und zu doppelbödigen Redens- oder Hörensarten, Schreib- oder Leseweisen anzustacheln wie verbotener Sex. Eine schöne Parabel auf illegitime Beziehungen formulierte »BILD« am 8. Mai 1993: ›Daum und Hoeneß mit Kruse erwischt‹, schreibt Jayin Thomas Gehrmann.
»Tatsache ist, dass sich die zwei mit Axel Kruse im Stuttgarter Hotel ›Intercontinental‹ getroffen und dem Frankfurter ein Angebot gemacht haben, über das sogar der sonst so mitteilsame Stürmer kein Sterbenswörtchen verliert ... Heraus kam alles, weil der Vater eines VfB-Spielers Kruse beim Tête-à-Tête mit Daum und Hoeneß erwischt hatte. (›BILD‹)«
Was auf dem Platz tabu ist, wird von den Medien gern in den Kult gewoben. Denn es ist eine archaische Wahrheit, die in Stammesritualen genauso gilt wie im modernen Breitensport oder in der Werbung:

Sex und Gewalt erregen die größte Aufmerksamkeit und bringen damit die meisten Zuschauer oder Käufer.
In den Initiationsriten der Stammeskulturen geht es um die Aufnahme der jungen Männer in die Gemeinschaft der geschlechtsreifen Männer. Diese Geschlechtsreife zeigt sich darin, dass Männer nun etwas anderes tun als Frauen, dass sie ihre Mütter verlassen, dass sie sich in harten, qualvollen Riten ihrer eigenen Männlichkeit stellen und dass sie dann belohnt werden, Sex haben dürfen und ganze Männer sind. Wer die Berichterstattung um Spiele und Vereine verfolgt, weiß, wie genau das auf Fußball zutrifft. So wird ein Fußballer eben zum Mann, indem er ein »Barluder« abschleppt und seine Frau betrügt oder indem er dem besten Freund die Frau wegschnappt. Frauen werden da eher als Beute gehandelt und tun sich auch nicht dadurch hervor, dass sie interessante Bemerkungen machen, Bücher schreiben oder gar Vereinspräsidentinnen sind. Im Fußball bleibt alles archaisch. Das Männchen dominiert, das Weibchen brütet und sieht attraktiv aus. Blondinen bevorzugt! Kein Wunder, dass sich so viele Männer schwer tun mit Frauenfußball. Denn wie soll da die Fußballwelt wieder in die Fugen kommen?
Arminia Bielefeld hat zum hundertsten Geburtstag des Vereins den allseits bekannten schwulen Elton John eingeladen, das dürfte eine der wenigen Gele-

genheiten im deutschen Fußball gewesen sein, bei der sich die »wahren« Männer mit »Tunten« öffentlich zusammentun. Roger Willemsen kokettiert in »Anstoß« mit dem erotischen Potenzial, indem er Fußball als die einzige Gelegenheit bezeichnet, zu der er »gern leicht bekleideten Männern bei der Arbeit zusieht«.

Nick Hornby schreibt in »Der größte Augenblick aller Zeiten«: »Auch wenn kein Zweifel besteht, dass Sex eine nettere Beschäftigung als der Besuch von Fußballspielen ist (keine 0 : 0-Unentschieden, keine Abseitsfalle, keine Pokalüberraschungen und dir ist warm), sind die Gefühle, die er bei üblichem Ablauf der Dinge erzeugt, einfach nicht so intensiv wie die, die das einmalige Erlebnis eines in der letzten Minute erzielten und für die Erringung der Meisterschaft entscheidenden Tores hervorruft.«

Erotische, ja sexuelle Aufwallungen sind im Fußball erlaubt, Hauptsache auf der richtigen Seite. Der einzige Profi, der sich bislang als homosexuell geoutet hat, war der Engländer Justin Fashanu, der 1980, laut Christian Eichler, »Lexikon der Fußballmythen«, mehr als eine Million Pfund Ablöse erbrachte.

Als die »Sun« sein Bekenntnis »Ich bin schwul« druckte, »für das er achtzigtausend Pfund kassierte, war seine Fußballkarriere Vergangenheit. Am 2. Mai 1998 wurde Justin Fashanu erhängt in einer Garage in London gefunden«, schreibt Eichler, was beweist, dass Fußball die letzte weltweit anerkannte und praktizierte Initiation in die Mannbarkeit der heterosexuellen männlichen Bevölkerung darstellt. Fußball ist der Kult der »wahren Männer«, dort darf es Homosexualität ebenso wenig geben wie in den großen Weltreligionen. Die »Reinheit« des Kults wird von den grauen Hütern über Spielzeit und Raum überwacht, Abweichungen können tödlich sein.

Die Suche nach dem Heiligen Gral

»Solange ich noch zwei Füße hab,
weiß ich, was ich am Wochenende mach …«

Ror Wolf: »Die heiße Luft der Spiele«

Einer der größten Mythen, bis heute immer wieder beschrieben, verfilmt, mystifiziert, enträtselt und von neuem geheimnisumwoben, ist die Suche nach dem Gral. Die Gralslegende, »das von geheimnisvollen Objekten motivierte Heilsstreben auserwählter Ritter«, wie das Wörterbuch der Symbolik definiert, geht etwa auf das 12. Jahrhundert zurück, wo sie die rein innerweltliche Minnedichtung überlagert und dort mit vielen keltischen Kultelementen darauf hinweist, dass der Mythos des Grals womöglich viel älter ist.

Das Wort Gral geht auf das Altfranzösische zurück, *graal, greal,* Schüssel – wer würde da nicht sofort an die Meisterschale denken. Auch als archaischer Fruchtbarkeitsmythos wird die Suche nach dem Gral von Parzival bis Artus gedeutet.

Der Heilige Gral, das magische Gefäß, der Kelch, aus dem die Wahrheit fließt, der das ewige Leben, Nahrung und Fruchtbarkeit in Aussicht stellt und den

Finder unsterblich zu machen verspricht, wird von einsamen Wölfen unter den Männern gesucht, gejagt, von Helden, von Königen. Sogar ganze Ritterrunden verbünden sich unter dem Thema des Grals. Der mittelalterliche Minnedichter Wolfram von Eschenbach hat sich mit der Gralssuche als Vollkommenheitsstreben befasst und sein Gral kann auch als »Stein der Weisen«, als philosophischer Durchbruch zur Essenz des Lebens gedeutet werden. Und es gibt die Legende von König Artus und seiner Tafelrunde, Gralsritter allesamt, die durch gemeinsames Streben nach den höheren Werten unter Männern vereint, durch die Liebe zu einer Frau entzweit werden, genauer gesagt, durch die gemeinsame Liebe zu einer einzigen Frau, nämlich Ginevra, Gwynnevear, der Frau des Königs. So ist es mit den Frauen. Sie bringen Chaos und Streit in friedliche Männerrunden. Da sitzen die Ritter alle an ihrem runden Tisch und planen ordentlich und nichts ahnend ihre Kriege, schon naht das Unheil in Form einer Frau. Und alsbald werden die edlen Helden in den Sumpf der Leidenschaft, der Lust gezogen. Anstatt heldenhaft Feinde umzubringen, fangen sie an, einander zu hassen und zu bespitzeln.
Auch in der Kirche sind die Frauen ein großes Problem. Sie säen Verlangen und verbotene Lust unter den Männern, die eben noch beim heiligen Abendmahl nichts anderes wollten, als Jesus nahe sein, der mit seinen zwölf Jüngern ebendiese Gralsrunde ver-

sinnbildlicht. Deshalb hat der neue Papst Benedikt auch mit aller Schärfe das Zölibatsgebot erneuert und deshalb gilt auch vor wichtigen Fußballspielen im Trainingslager »Frauenverbot«. Denn Fußball ist die letzte wirkliche Gralssuche. Tapfere Helden machen sich auf, um den Kelch zu erringen. Sie kämpfen ehrenhafte stolze Schlachten, gehen entweder als Sieger hervor oder akzeptieren, dass die andere Mannschaft besser war. So geht es zwischen Männern zu. Fair und hart. Trophäe ist der Kelch. Der Gral. Dafür wird alles gegeben, Ausbildung an einer Sportschule, Trainingslager, Kampf um gute Positionierung, Ehrgeiz, ja sogar Doping – alles für den Gral. Bei Regen, Schnee oder vierzig Grad Hitze – die Männer scheuen keine Mühen, um den Heiligen Gral zu erringen. Gewinnen sie, dann küssen sie den Kelch, lassen ihn durch alle Hände laufen, weinen, heben ihn hoch, zeigen ihn der Gemeinde, laufen mit ihm ein paar Runden.

Nun könnte man doch meinen, alles ist gut. Der Gral ist gefunden, die magische Kraft ist gewonnen. Doch so einfach geht das bei Männern nicht. Kaum ist etwas erreicht, muss ein neuer Kampf beginnen. Es reicht nicht, einen Kelch zu haben, jetzt muss der andere auch noch her, jetzt die Meisterschaft in der Bundesliga und dann noch der Confederationscup. Wie in einem Verwirrspiel tauchen, kaum ist ein Kelch gewonnen, neue, noch erstrebenswertere Kelche auf. In manchen Vereinsheimen wimmelt es

nur so von Kelchen aller Art. Da stehen sie nun alle, hart erkämpft und doch so uninteressant!
Im Magischen ist die Suche nach dem Kelch eine Initiationsreise in die eigene magische Kraft. Alle Fähigkeiten müssen erprobt werden, sich bewähren, von einer Prüfung geht's zur nächsten, eine Schwelle führt zur nächsten. Grausige Unterweltstiere müssen überwunden werden, Intrigen böser Zauberer lauern, beherzt, schlau und unermüdlich muss der Held die Gefahren erkennen, angehen, meistern und weitersuchen. Auf dem Weg zur magischen Einweihung muss er zaubermächtigen Menschen dienen und wird von ihnen belohnt, doch nicht die Reichtümer der Welt sind es am Ende, die ihm Erfüllung bringen. Es ist der Gral. Der eine Heilige Gral, der alles enthält. Die einfache Wahrheit, das innere Licht.
Da ist beim Fußball etwas schief gelaufen. Immer wieder starten die Mannschaften aufs Neue in den Kampf um den Kelch. Es ist nie zu Ende. Warum? Fußballspiele sind magische Mysterienspiele, ritualisierte Gralssuche. In Erinnerung daran, dass es einmal diese eine magische Reise gab, die am Ende zum ersehnten Kelch führte, wird immer wieder neu begonnen, wird spielerisch wiederholt, was einmal existenzielle Initiation war. Mit der Zeit wurde der magische Hintergrund vergessen und doch stimmen alle Zutaten noch bis hin zum Kampf zwischen den Gralsrittern. Die Suche bleibt. Weiter geht der Kampf.

Warum kämpfen Frauen nicht um den Gral? Warum machen sie sich nicht auf die Suche? Der Heilige Gral ist im Mythos auch der Kessel, zum Beispiel der Kessel der Cerridwen, dieser keltischen Göttin für Feuer und Magie. Ihr Kessel ist der Bauchkessel, aus dem sie alles hervorbringt. In der edlen Suche nach Höherem wird der Gral zum Kelch, doch der Gral ist der Bauch der Frau. Das Gefäß, aus dem jeder Mann entschlüpft ist, in das er sich zurücksehnt. Das ist der Kern der Gralssuche: das heilige Gefäß, das alles hervorbringt, das Schutz, Sicherheit, Lust, Freude, Minne, ja, auch Triumph hervorbringt. Und so wird das Fußballspiel zu einem Bild für den ewigen Kampf der Spermien gegen die körpereigene Abwehr der Frau auf dem Weg zum Ei. Es geht darum, einen Spermienfaden durchzubringen. Nirgendwo wurde das schöner gezeigt als in Woody Allens Film »Alles, was Sie schon immer über Sex wissen wollten, aber nie zu fragen wagten«. Wer würde bezweifeln wollen, dass ein gut platziertes Tor ähnliche Adrenalin- und Dopaminschübe produziert wie ein Orgasmus?! Ist er drin? Jaaaa!
Frauen wurden serienmäßig mit dem Gral ausgestattet. Wenn sie Fußball spielen, geht es nur um das Spielerische, um den ritualisierten Kampf. Wenn Männer spielen, wird eine tiefe, existenzielle Aufgabe zur Befruchtung aktiviert, es ist existenziell. Fußball illustriert die einzige gemeinsame Aufgabe aller männlichen Erdbewohner: befruchten. Bring

ihn rein. Irgendwie. Überwinde die Abwehr. Kämpf dich durch, sei schnell und geschickt. Die Evolution verlangt den Befruchtern alles ab. Im Fußball kommt dieser elementare Kampf des Überlebens der Art zum Ausdruck, das alte Muster wird sichtbar. Und alle Männer, die zuschauen, scheinen das zu ahnen. Nur so lässt sich erklären, warum es im Fußball immer um mehr als nur ein Spiel geht, warum Ehen daran zerbrechen, andere dadurch entstehen, warum Sex, Gewalt, Alkohol und Straßenkampf notwendiger Teil des Kults sind. Es geht um das Recht des Stärkeren, den Sieg des Geschickteren, das Durchkommen des Lebensfähigen – und das ist der einzige Auftrag, den die Evolution Männern seit dem Ende der Partenogenese, also der Selbstbefruchtung, wie sie bei einigen Tieren und Pflanzen noch existiert, gegeben hat: Befruchten zum Zweck der Fortpflanzung und Arterhaltung. Fußball ist die äußere Darstellung des inneren männlichen evolutionären Programms.
Um es in der Sprache der Iatmül in Neuguinea zu sagen: Die Männer kämpfen auf abgegrenzten Plätzen mit genau definierten magischen Regeln einen ritualisierten Kampf um die Berechtigung, in die Welt einzutreten, auf der Welt zu sein. Die Frauen sind schon da.

Ausklang

Im März 2005 stieg ich im Hotel Independance in Dakar im obersten Stock, da, wo der Pool ist und ich gelegentlich frühstückte, in den Lift. Schon im nächsten Stockwerk wurde er angehalten und Dutzende Männer wollten sich hereindrängen. Ich protestierte, denn der Lift war nur für sechs Personen zugelassen, drängte alle übrigen wieder aus dem Lift und wir begannen die Fahrt nach unten. Der junge Mann neben mir wandte sich plötzlich zu mir um und sagte: »Sie müssen nicht aufpassen. Gott sorgt schon dafür, dass alles in Ordnung ist.« Ich sagte: »Gott hat viel zu tun. Was ich selbst tun kann, tue ich selbst.« Er drehte sich wieder um und sagte kein Wort. Als sich unten die Lifttür öffnete, ging ein Blitzlichtgewitter über uns nieder. Der Mann, der mit mir gesprochen hatte, war der Star von Liberia und die Männer, die ich zurückgewiesen hatte, stellten den Rest der Mannschaft. Die Fußballer waren auf dem Weg zum Stadion zu einem Freundschafts-

spiel gegen die senegalesischen Löwen. Die Fans klatschten und jubelten und der Mann, der Gott so vertraute, gab ein Interview. Ich hätte ihm gern gesagt, dass mit etwas weniger Gottvertrauen und etwas mehr persönlichem Einsatz auch in seinem Land die Probleme besser gelöst werden könnten, doch er würdigte mich keines Blickes mehr.
Liberia verlor an diesem Tag gegen Senegal 1 : 6. Da konnte Gott auch nichts mehr machen.

Zum Weiterlesen

Dies ist ein Buch über die Magie des Fußballs, nicht über die Chronologie der Fußballereignisse, über Spiele, Ergebnisse und Spieler. Das Fachwissen habe ich – da, wo ich es brauchte – aus den folgenden Büchern entnommen:

Beckenbauer, Franz: Einer wie ich, München/Wien 1977.

Beitl, Richard: Wörterbuch der deutschen Volkskunde, Stuttgart 1981.

Bender, Tom, und *Kühne Hellmessen, Ulrich:* Ballzauberer, Berlin 2001.

Biermann, Christoph, und *Fuchs, Ulrich:* Der Ball ist rund, damit das Spiel die Richtung ändern kann, Köln 1999.

Böttiger, Helmut: Kein Mann, kein Schuß, kein Tor, München 1997.

Bohnsack, Loos, Schäffer, Städtler, Wild: Die Suche nach Gemeinsamkeit und die Gewalt der Gruppe, Opladen 1995.

Eichler, Christian: Lexikon der Fußballmythen, Frankfurt 2000.

Fauser, Jörg: Fat City Fußball Blues, Edition Band 5, Hamburg 1990.

Fischer, Gerhard, und *Roth, Jürgen:* Leben voller Fallrückzieher, Leipzig 1998.

Frank, Wolfgang: Nach dem Spiel ist vor dem Spiel, Hamburg 1996.

Frenz, Achim, und *Sandmann, Andreas:* Satanische Fersen, Kassel 1994.

Gehrmann, Jayin Thomas, und *Schneider, Thomas:* Fußballrandale, Essen 1998.

Handke, Peter: Die Angst des Tormanns beim Elfmeter, Frankfurt 1972.

Harig, Ludwig, und *Kühn, Dieter:* Netzer kam aus der Tiefe des Raumes, München 1974.

Henschel, Gerhard, und *Willen, Günther:* Drin oder Linie? Leipzig 1996.

Hirschberg, Walter: Wörterbuch der Völkerkunde, Stuttgart 1958.

Hornby, Nick: Ballfieber, Frankfurt 1996.

Huba, Karl-Heinz: Sternstunden des Fußballs, München 2003.

Könen, Ralph, und *Thelen, Thomas:* Entscheidend is auffem Platz, Essen 1997.

Kopiez, Reinhard, und *Brink, Guido:* Fußballfangesänge, Würzburg 1998 (mit CD).

Linden, Peter: Einmal Löwe, immer Löwe, Frankfurt 1991.

Lurker, Manfred: Wörterbuch der Symbolik, Stuttgart 1988.

Pieper, Werner: Der Ball gehört uns allen, Löhrbach 1991.

Schulz, Hans Joachim: Aggressive Handlungen von Fußballfans, Schorndorf 1986.

Schulze-Marmeling, Dietrich: Fußball, Göttingen 2000.

Wiegand, Frank: Rund um den Fußball, Ravensburg 2000.

Wolf, Ror: Die heiße Luft der Spiele, Frankfurt 1980.

Ganz besonders danken möchte ich Jimi Vogler für Informationen, Gespräche und seine Fußballbibliothek. Unermüdlich beantwortete er meine Fragen, war mir die größte Hilfe. Werner Pieper schickte mir Hinweise und Material, das sehr hilfreich war, ebenso wie die Internet-Enzyklopädie wikipedia.com, wo es wirklich fast auf jede Frage eine gut geschriebene Antwort gibt. Wikipedia wird von den Internet-Nutzern verfasst und ist eine einmalige, ständig wachsende, Nonprofit-Informationsquelle, bei der Menschen zu Wort kommen, deren Stimme man ohne Internet nie wahrnehmen würde und die oft erstaunliche Details wissen. Dank auch an Hias Schaschko für Zitate und Informationen.

Wenn mir Fußball anfing, auf die Nerven zu gehen, sah ich mir Gurinder Chadhas »Bend it like Beckham« an.